ALL IN
HER
MIND

唐婉的心事

夏炎——著

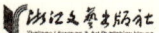

我只是想告诉你,我曾经因为一时的冲动,想要温暖你的一生。

目录

一	迟来的相遇	1
二	初心萌动	7
三	迈出第一步	9
四	尴尬的约会	13
五	爱情的俘虏	19
六	挑选礼物	23
七	一单"新活儿"	27
八	吉他传情	35
九	新人录歌	39
十	为爱踌躇	45
十一	翻腾的心事	48
十二	与彭总签约	55
十三	表白被拒	60
十四	荒诞的开始	66
十五	和朋友买醉	74
十六	初见刘柠	80
十七	打架风波	84
十八	医院救猫	92

十九	唐婉来电	95
二十	放不下的爱	105
二十一	英子的助攻	111
二十二	校园偶遇	118
二十三	电影之约	127
二十四	爱你的错觉	131
二十五	和英子摊牌	136
二十六	天使在人间	142
二十七	刘柠选歌	147
二十八	爱的幻觉	152
二十九	不再爱的决定	155
三十	唐婉的堕落	160
三十一	丧与宿醉	164
三十二	不聊爱情	170
三十三	照常生活	173

三十四	刘柠的家室	179
三十五	打架风波	186
三十六	再遇唐婉	192
三十七	连环撞车	200
三十八	唐婉出国	207
三十九	幻影与永恒	210
四十	街边斗殴	217
四十一	赵扬的看望	221
四十二	不走心的K歌	226
四十三	和刘柠的开始	237
四十四	梦中的我爱你	242
四十五	灵魂的绝望	248
四十六	定义真爱	254
尾声	等待爱的猫	259

一

迟来的相遇

我第一次听说唐婉是因为三里河知名痞子"三肥"。

那一架我们是被西四的知名痞子"小张磊"叫去的，说是三肥的事儿。三肥是当时京城痞子界肆无忌惮胆大妄为的"翘楚"，他的行径是一方诸侯的代名词。其时我们作为西寺白塔寺的势力与他井水不犯河水，不过他和张磊有交情，人家张嘴了，就得给个面子过去撑撑场。在路上张磊给我们打预防针说这一架是三里河不良少年界有史以来最重量级的，有可能关系到整个北京城痞子们的势力划分，一会儿下手都黑点儿，让我们有心理准备，说得大家都风萧萧兮志忑了起来。赵扬问张磊这场架的缘由，张磊迎风不语，目光深邃悠远。我和赵扬见他忧郁得庄重，一种干大事的使命感也油然而生，各种江湖恩怨沸腾在血液里却不知如何说起，只得任其哽咽在喉间。

等到了地儿，我们散在棍砖旌旗中才知道这次痞子界罕有的大规模集团型会战是因为二一四中学一个叫唐婉的妞儿。显然，我们对这一原因相当失望，惯看江湖熟知《古惑仔》的我们都对为妞儿而打的架很不齿，就像大家都以为是来劫生辰纲的，到了才知道是为了阎婆惜。当然，碍于张磊的面子和三肥的名头也都不好来了不动手就撤。讽刺的是最终这架也没有打成，那边的人远远见了我们的大队伍便一哄而散。我们吹着牛凯旋的时候，一个人过来给我们发烟致谢，张磊给我们介绍说这就是三肥，让我们喊他"肥哥"。我看着他，觉得他长得并不凶狠，也并不肥。

　　二○一○年春，在我高三下半学期时我们听说三肥死了，因为那个叫唐婉的妞儿而被人捅死了。我们都很替他不值，在那个年代为妞儿而死并不光彩。更令人扼腕的是，据说三肥连那女孩儿的手都没碰过。

　　那段日子二一四校门前成了各校痞子串联的场所，不良少年们纷纷结伴去蹲点儿，想看看这唐婉是何方妖女，我和赵扬也是其中之一。那日春明尘艳，我们和一些混混儿蹲在二一四校门前抽烟吐痰神侃，横眉扫着每一个闯进视野里的人。正百无聊赖，我看到一个身着二一四校服的女孩儿颔首步出校门。在那一刻，我知道她就是唐婉。因为在我的目光凝到她的脸庞之前，我对于书中所载之红颜何以能祸国殃民让君王点烽火台召诸侯赴朝大将冲冠一怒引清兵入关百思不得其解没有具体概念，可当我看到眼前这清澈容貌后，我无比肯定，历代倾国倾城的女子就是唐婉长大后的样子。

"那就是唐婉。"一个二一四的崽儿用下巴指着唐婉说。

"也就怎么回事儿哈！"赵扬冲我说。

"真一般，看这屁股圆的腿劈的，指不定让多少人喇过了呢。"我说道，在那个时候，有名望的痞子赞美女性是类似于汉奸出卖祖国般骇人听闻的行为。

不符合逻辑的是，唐婉并未表现出大喇应该具备的轻浮，不要说和我们眉来眼去，她甚至可以说是没有发现我们的存在。事实上，她像经过路边的垃圾筒一般从我们眼前穿过，身上的纯洁令我们有些没趣儿。我们目送其远走，照例讽刺诋毁一番，并纷纷表示出对三肥审美水准的不满。

第二天，唐婉的样子还未来得及在我心中发酵，校长就发了我和赵扬的高中毕业证，迫不及待地将我们请出了学校。未参加高考还给我们毕业证，是我们学校对我和赵扬做的唯一一件仗义的事儿。据悉学校也是慑于我们恶贯满盈是害群之马，若不早除，必在高考来临关键之际带坏全校乃至整个儿西城区莘莘学子悉心勤恳之学风。

所以，不用上学的兴奋，以及初入社会对于坏学生那如纵虎归山般的快感，霎时令我将唐婉抛之脑后。

这一抛，就是三年。

三年后的初夏，五月底，我到平乐园那边儿的北京工业大学接英子去一个饭局。白塔寺英子，当年有一号，原名徐荧，是我们那帮一起长大的坏孩子中唯一学习好的，我们一模都不到二百分儿，她却考上了北工大。

车停下后我打电话给英子，英子让我去西门儿等她。我晃荡到西门，点上根烟戳在那儿刷朋友圈儿和微博，身上散发出的底层艺术家气质令几个颓萎的保安不再注意面前三三两两穿梭而过的学生而打量起了我。我无视保安不友好的目光，每抽口烟都用力地将烟弹得烟灰飞扬。

就在我等得有些焦躁的时候，英子和一个着牛仔裤T恤的姑娘并排走了过来，这个姑娘赫然竟是唐婉。她们就是很平常地融入了我的视野中，没有大光圈儿，没有升格也没有大特写。唯一反常的是我居然一眼就认出了她，那一刻我的目光穿越了时空看到了她十七岁时的样子，那个三年前穿着二一四中学校服，步履轻盈五官身段儿正含苞待放的唐婉。

"你真够磨叽的，哥们儿都等睡了。"我一脸不耐烦地对英子说。

"别废话。"英子笑着对我说，见我拿眼觑她身侧，便指着身边的唐婉对我说，"这是我们宿舍的一姐们儿，唐婉。"接着她又指着我说："这是我一特好的哥们儿，孙勃儿，搞音乐的。"

"你好，我是知名音乐人孙勃儿。"我立即假装正派面带笑容。

唐婉礼节性地冲我轻轻一笑道："你好，音乐人。"

"你高中是二一四的吧？"我问。

"是啊，你怎么知道的？"

"我原来见过你，高中那阵儿我认识你们学校几个孩子，去你们学校串过几次。刚才你们过来的时候儿我瞅你就觉得眼熟，果然。"我说。

"世界真小啊。"唐婉淡淡一笑。

"想不到还是孙老师的故人？"英子笑道。

"奇缘，奇缘。"我也乐了，目光却不从唐婉眉眼上离开。

"我脸上有什么东西吗？"唐婉被看得不自在。

"唐老师，你知道吗，你是个运气特别好的人，点儿正。"我摸着自己下巴端详着唐婉说。

"怎么了？"唐婉奇道。

"像你长这么水灵的，也就是生在咱们现在这文明社会，要是搁古代，像你这般貌美，哪天一个不小心看了哪个诸侯一眼朝哪个君王笑了一下儿，弄不好就是兵火连天兴师动众为你送荔枝开运河点烽火台甚至冲冠一怒为红颜。不夸张地说，到时候因为你九州水深火热中原生灵涂炭也不是没可能。古往今来，世间多少女子因为美而莫须有地背上了祸国殃民的罪名遗臭万年，你还不感慨自己幸运地生在当代？"

"孙勃儿你这马屁拍得真是太无耻了。"英子做了个呕吐的样子。

"孙老师太会聊天儿了。"唐婉笑了。

"字字发自肺腑，用华丽的辞藻赞美身边美丽的事物是我们艺术家应该做的，是我们的本职工作，崇拜美、信仰美、赞美美，这是我们的义务，是我们不可推卸的责任与重担，希望没有给你留下油嘴滑舌的印象，唐突佳人并非我本意。"我道。

"大哥，我真的要吐了。"英子道。

"就是，我都不知道怎么接了。"唐婉道。

"句句非虚，要不咱先把电话留了微信微博都加了吧？回头慢慢聊。"我笑道。

唐婉看了英子一眼。

"没事儿，他虽然嘴贫，人是好人。"

唐婉一笑，把电话号码告诉了我。"微信就是手机号，微博我没有玩儿。"

英子和唐婉道别后就跟我朝北门儿搁车的地方去了，这重逢并不波澜壮阔，但这次淡淡的相遇，让唐婉那在我脑海中轻描淡写的笑容变得笔墨分明。

我竟赫然有了些怦然心动的感觉。

二

初心萌动

　　我和英子穿过北工大校园走向那个窄小的北门儿，学生和树枝在风中晃动着，一派其乐融融。傍晚了，小风儿刮在身上竟也舒适了不少。二人无言了一阵儿，英子问我是不是看上唐婉了，我稀松平常地说，最近也闲着，要不我就勉为其难地追追吧。英子冷笑，说我够呛，说唐婉现在被称为北工大校花，而且还是处女没交过男朋友，让我别祸害人。

　　"我真不信，这年头儿还能有处女？"我想起那连她手都没碰着就归去北邙的三肥，"我怎么听原来她们学校的那帮孩子说这女孩儿挺唰的啊？"

　　"反正她自己是这么说的，就平常的言行以及每晚我们在宿舍中对男人和性的讨论时她的见地，我瞅着也不像装的。"

　　到饭局后觥筹交错，我喝得有点儿猛，很快就高了。回家进屋后正晕眩着，却蓦地想起了唐婉。我翻出手机看唐婉的朋友圈儿，罕见地没一张自拍，这事儿发生在美女身上可谓骇人听闻。翻来翻去，只有寥寥心情寄语，加起来还没我一天发得多。我把唐婉的每一条朋友圈都点了赞，又留下了各种阿谀奉承的留言。

正在忙叨，英子给我发微信说她刚和唐婉聊完，发现唐婉居然和我是同年同月同日生，都是一九九三年一月九号出生的。我听了大喜，立即回复断言她将见证一段恢宏绚丽的爱情故事。英子听了，照例对我揶揄一番。她说唐婉是这学期换宿舍才搬来的，也不是特熟，是个天天在宿舍放摇滚乐，很有性格的女孩儿。我立即说，喜欢音乐那岂不和我是绝配？

放下电话，我躺在床上点上一支烟，只觉得通体舒泰，心情大悦。众所周知，只有在令人作呕的言情小说与矫揉造作的偶像剧中才会出现同年同月同日生这种设定，而此番竟有幸在现实生活中亲历这种浪漫得近乎装腔作势的巧合，不禁感慨，缘来如此。

翻了个身，我掐了烟给唐婉打字发微信，说唐老师你好，我是今天刚见面的著名音乐人孙勃，很高兴认识你云云。唐婉也客气地回复她也很高兴，不要叫她唐老师等一系列。我说这几天有空我请她吃饭，一起畅谈些掷地有声的人生理想什么的。唐婉欣然同意，并在我的每一条评论里都回复了一个微笑的表情。

三

迈出第一步

酒精会令人忘记许多该忘和不该忘的,以至于当本属于自己的记忆被重新唤醒时反倒觉得是不期而遇横空出世。第二天我忘了和唐婉有关的一切,什么热爱音乐同年同月同日生还是处女等一系列都忘得一干二净。酒醒已是下午,我和赵扬去北五环外跟一个人称"制A"的瘦高猥琐说台湾话的东北制作人扎活儿。制A的Polo衫领子竖起来已高过太阳穴,脑袋深埋其中猛一看像根儿黄瓜。制A在业内口碑极差,满嘴跑火车,但手里有不少艺人的制作编曲活儿往外发。没奈何,正当我在心中因为时不利兮英雄得向竖子折腰发着牢骚时,却蓦地想起了唐婉。

那是一种当头一棒般的念想,就如同时过境迁无意中发现学生时代写给心仪女孩儿的情书,浓郁的久违感霎时撩拨起我青春期尾端的悸动和对美丽异性的憧憬,胸腔中一阵汹涌。

"Hello,唐老师忙什么呢?我在你们学校附近呢,一会儿没事儿请你吃饭聊聊人生啊。"我掏出手机给唐婉打字发微信。

"你们放心啦，你们看这样行不行——美韵这张新专辑里最少也可以用你们一首歌，你们拿来的这张 DEMO 碟我听过了。里面那首《除了我你还爱谁》我觉得就很好嘛！尤其是那句歌词：'我吃完这碗面，就想起你的脸。'我觉得像这样的歌词，肯定可以火，中国大众就需要这样的无厘头歌词！越俗越好。"制 A 笑着，"但是词曲还有制作的费用我可能暂时还没法给你们结，毕竟咱们会长期合作。所以我觉得咱们可以签版税的合约，这样这首歌越火，你们的收入也就越高。"

我心中冷笑，看了眼赵扬。

"制 A 老师，您看得上我们的歌儿我们真特高兴。但您用我们歌儿……那什么，一点儿费用都不给的话……"赵扬一脸凄苦。

"并不是不给嘛，小赵啊，你要了解一点，美韵最近的风头也是很劲的，可以说是正当红，她能够唱你们的歌，我相信对你们的发展也会很有帮助的。"

我朝赵扬递了个眼色。

"那版税方面咱怎么算啊？"赵扬冲我点点头，苦着脸问制 A。

"五五分成啊，如果这歌结了一亿的账，我五千万你们五千万。"制 A 拍着胸脯，"我做事你放心，我是被人骗大的，我不可能骗你们。当然，如果你觉得有必要的话，公司方面也可以预付给你们两百元的版税。"

我跟赵扬都没说话。

桌上的手机振动了，我拿起手机，是唐婉的回复。她说去太远的地方不方便，可不可以约在学校附近。我看了大喜，立即说我去学校接她。这时制A的手机响了，铃声是著名网络神曲《最炫西北风》，他拿起手机，口中连连说着不好意思，走出了房间。

"你看咱怎么着？"赵扬小声儿跟我说。

"这还用问啊？他拿咱们当崽儿呢！现在不给预付全扯淡，什么叫用咱们的歌儿但是词曲的费用先不能结？你想想咱们之前签过结版税的合同，原来做的那些彩铃，还有给什么SP的那几个歌儿，说结版税，最后哪个有影儿？在中国不给预付全扯淡。"我低声说，"给两百？打发要饭的呐？"

赵扬恍然，愤愤地骂了几句："我说这孙子长得就鸡贼，挂相儿，一会儿他回来喷几句就撤吧。"

唐婉回微信问我能不能七点北工大西门见，我见了立即美滋滋地回复可以。赵扬问我给谁发微信呢，一条儿接一条儿脸挂龌龊。我头都不抬，说正和一歌手讨论编曲呢。赵扬问明天去哪家唱片公司扎活儿，再没活儿就没钱加油了。我将手机揣到兜里，告诉他现在没人买专辑了，这行儿不景气，实在不行，咱就改行吧。赵扬听了，仰天长叹。

"美韵是谁，我怎么没听说过？要真特火，实在不行就给她便宜做一首，出去也能吹吹。"我说。

"超女。"赵扬答道。

"现在还有超女呐,不都改好声音了吗?长得尖儿吗?"

"魔鬼面孔天使身材。"

我哼了一声。

这时制A一脸假笑地走进来,口中连道不好意思久等了。我心中骂了一句傻缺,和赵扬站起身来双双鞠躬,说不早了我们先不耽误您工作了以后再来多和您学习。制A也和我们一通假惺惺让我们常来玩,我跟赵扬一通点头哈腰后离开。

走出录音棚,赵扬开着他的老夏利回家编曲。我钻进我的老桑塔那,驶向遥远的北工大。路上想到见唐婉车太脏容易有差印象,便决定找地儿洗车。这很反常,我洗车从来都是靠大自然。除了底层艺术家不得不节俭外,另一主要原因是我如同受到诅咒般一洗车就刮风下雨,为了京城百姓的出行,我半年不洗车很正常。

开进洗车行后,老板敲我玻璃说这车太脏洗不出来了,我说不可能,没听说过这样的。老板说要洗也成,得给双份钱,我断然拒绝。老板说正常洗出来没变化,你这车得用手抠。我不得已只得透露我的音乐人身份,告知他我以音乐为生生活窘困好不容易攒钱洗回车,就冲一下儿吧,爱谁谁。

在洗刷过程中,天空阴暗而又恶心地压下来,仿佛想把全北京的人都压扁一样。我凝视着远方,咒骂着我一洗车就下雨的命运,背手踱出车行,将目光抛向云层深处。为了见美人儿,我准备坚强面对十五块洗车钱白花了的屈辱感。

四

尴尬的约会

停了车走向北工大西门,我给唐婉发微信告诉她我已到。放下手机,我突然发现天不再犯阴了,而初夏的夕阳正温婉舒适地瞥来。没走几步,一个身影就渐渐地在我视线中被勾勒出来。这过程很缓慢,但却似惊鸿游龙,倏忽间让我想到了二十世纪八十年代那种彩色遮幅电影里的年轻女性。那身影晃动着婀娜线条,散射出奇怪的很复古很 old school 的纯洁感,熟悉而又陌生,仿佛从未得见但又似曾相识。当我想确定那身影是不是唐婉的时候,我发现问题出现了。

我忘记了唐婉的样子。

在我看着那愈加清晰的身影迟疑时,手中的手机振动了起来。
"我在门口,没看见你。"是唐婉的微信。
我走近那个拿着手机的秀丽身影,她穿着一条舞蹈演员才穿的那种黑色长裤,身上一件普通的T恤。接着她看了我一眼,然后笑了。

于是,我也笑了。

确实是唐婉,毋庸置疑。唯一的问题是,她为什么比我印象中还要漂亮?

"唐老师你好。"我摆了下手。

"你能不能别叫我老师?"唐婉笑了,"那我是不是也得叫你孙老师?"

"我就是叫习惯了,我们这圈儿里就老师多。"

"你们音乐圈儿老爱这么瞎叫,我还认识一人也这样儿,张嘴就是老师。"

"那肯定的啊,我们这圈儿的人都好学。咱哪儿啊?这附近有什么合适的环境能畅谈古今痛陈文艺的?"

最后我们去了劲松桥的一家咖啡馆。从理论上讲,我想这可以算是一次约会。但事实上,我们坐谈的过程非常尴尬。那天我的言行反常到让我自己都难以理解,我何以展现出如此有悖我平日惯看风月信步情场风范的谈吐?

坐定后,我照例介绍了一下自己在中国原创音乐界身兼词曲编录缩几重身份呼风唤雨举足轻重的地位,又着重讲了我认识哪些腕儿做过哪些知名艺人的单曲给谁写过歌词录过音等一系列,和哪些名人吃过饭合过影我只是轻描淡写一带而过。当然，在陈述这些客观事实的同时，我不停穿插着用华丽辞藻对唐婉相貌的赞美。

本来循序渐进，不知怎么的突然就变成：唐婉说什么好，我就偏说什么不好。

先是聊电影儿，唐婉说到她喜欢《美国往事》，我立即告诉她美国黑帮片儿除了马丁·斯科西斯，别人都不加玩儿。之后聊文学，她说喜欢米兰·昆德拉和村上春树，我便对这两个作家百般贬低，言辞无所不用其极。唐婉像"：）"表情般笑着，没有和我展开别开生面的讨论。

这样几个来回之后，我们就没话了。我想到过提一提西四阜成门的往事，但又觉得不妥。我察觉到我非常想和她提提三肥，事实上，三肥之死与唐婉和他的关系在我心中仍是一个极迷人的谜团。我知道像我如此深谙世事的人精，在旧事重提时她一个细微的表情反应，就能让我察觉到她和三肥到底到了哪一步，她还是不是处儿。

最终，因为怕唐突佳人，我把话题引向星座血型和我们共同的生日。唐婉居然没有因为我们同年同月同日生而激动万分，令我非常失望。接着我又夸了夸她家人的审美，给她起这么优雅隽秀的名字，一定是熟读陆游。唐婉说陆游的那个"唐琬"是王字旁的"琬"，她的是女字旁的。

"虽然不是一个'琬'字儿，但我第一面儿见到你，就满脑子都是《钗头凤》。陆游之诗词，或慷慨激昂，或田园乡隐，但就是这首《钗头凤》，最为深情。要我说，其艺术价值不低于苏轼悼念亡妻的《江城子》。每每迎风吟来，往往泪流满面。"我卖弄道。

唐婉笑着表示同意，我一时无话，只好再开一个话题问她喜欢什么音乐。唐婉竟流露出罕有的兴趣，问我是不是从小就学音乐。我立即眉飞色舞起来，详细地给他讲述我的音乐历程，无非就是和赵扬怎么辍学一起组乐队又转战幕后磕制作。

"孙老师也组过乐队吗？"唐婉眼中闪现出一丝光彩。

"太组过了，唐老师也喜欢摇滚是吗？"

"嗯，有时候听一些。我还去看过现场呢，在张自忠路那个'愚公移山'，还有鼓楼那个'MAO'。"

"好事儿啊！还是唐老师有品位，都听什么啊？"我也美了，就像发现了迷宫的出口一样，热爱音乐咱就有的聊了。

"就是一些拼盘儿的演出，北京的一些摇滚乐队。"

"你要想听摇滚乐啊，我回头给你推荐几个国外牛气的，国内这帮少听。"我赶紧说。

"有一个乐队叫'半减七'，孙老师知道吗？我挺喜欢的。"唐婉说。

"你说说你，怎么都听这样儿的啊？这么着吧，回头我给你发点儿，少听国内这些中华田园土摇滚，这些个破乐队非给你带歪了不可。"我权威地发言，"就这'半减七'，他们乐队那主唱，严霞，吉他弹得根本就不加玩儿，就是一靠脸吃饭的小白脸儿。"

"是吗？我怎么觉得还好？"唐婉说。

"好什么啊，你外行你当然不懂了！而且那人人品也有问题，成天就知道戏果儿,他前一阵儿为了拍一什么偶像剧,把原来自己乐队的哥们儿都踢了,倍儿不仗义。他原来的乐队不叫'半减七',叫什么'无为',摇滚圈儿的事儿我全门儿清。"

"是吗?"

"这也不是什么新鲜事儿,圈儿里的人都知道。"

"噢……本来我还想找他学吉他呢。"

"你跟他学?我没听错吧?比他弹得好的多了去啦!你要想学,我直接教你不完了吗?"

"真的吗?可我还没吉他……你有时间的时候能带我去买一把吗?我不知道什么样的好。"

"这你用不着操心,我过两天分分钟给你拿一把过来。连带着节拍器、拨片和谱子,弹琴用得着的我都给你找来。"

"那……多不合适啊。"

"到时候让我请你吃饭就成。"我笑道。

唐婉抿嘴一笑。

在送唐婉回学校的路上,大概是天气变好的原因吧,虽已是夜了,但天空的颜色看上去却不深。一些星光很浅很稀,像人们身上天长日久的伤疤。归途的距离短得让人吃惊。在平乐园十字路口右拐后我不时望向唐婉,眼神有些咄咄。唐婉很快发现了,这令她有些局促,嘴角虽努力勾勒着礼貌的微笑,可包藏不住的尴尬若隐若现却又极动人。为了回应她羞涩的样子,我摆出一副经验丰富的表情。车经过一个个减速带轻轻颠簸,微风阵阵,佳人在侧,我不禁心情大悦,随口唱出了声音。

"But I still haven't found, what I'm looking for …"我模仿着U2主唱BONO的口吻唱道。

送走唐婉,刚刚拐上三环,一滴雨水悄无声息地落在风挡玻璃上,看来最终命运之雨还是难逃。可我丝毫没有陷入车白洗了的沮丧中,相反,我感受到血液中沸腾着活力与生机。

五

爱情的俘虏

约会第二天一醒来,我就觉得心中有种说不清的感受,堵得慌。我刷了一会儿朋友圈儿,唐婉没有更新,便爬起床,穿着裤衩儿坐到电脑前打开电脑,拿着手机呆坐于显示器前。就这么浑身不踏实地上了会儿网,思前想后最终给英子发了微信,让她帮我问问唐婉对我什么印象。英子回道唐婉觉得我人还行,我说"还行"用来形容我这种性感的青年才俊是不是不太妥当啊。英子说她们学校追唐婉的人巨多,也没见她能被谁约出去过,连校内几个著名帅哥都折戟了,我已经迈出成功的第一步了,该知足了。我听罢大喜,给英子发了一个高达六元的红包。英子领了红包后说她们月中开始期末考试,每周三四科考到月底,让我考完后再约,现在都忙。末了,她一再叮嘱我别来扑倒摸胸那一套,说唐婉提了我要教她弹吉他的事,让我先就着这条线来。

我在微信上给唐婉分享了一些我之前给七八线的各路艺人做的歌

儿，都是精挑细选的心血之作，如《谈恋爱就像搬砖》《思念吃碰滴》《缺爱不如缺心眼儿》等，全是听名字就可以知道我理解爱情的角度与凡夫俗子截然不同的作品。发完后我继续投入到热忱的创作中，并随时准备接听唐婉听完我作品要嫁给我的电话。这番等待有些心焦，唐婉却一直没有回复我，直到下午四点左右手机铃才响，来电的却是英子。她告诉我六点半她们学校话剧社演一话剧，她有三张票，准备设局攒我和唐婉一同前往。

"英姐你太仗义了！这我得请你吃顿大的！"我心花怒放。

到了北工大，我去英子她们的宿舍楼下面等她们，英子和唐婉从三楼的窗里探出头来向我打招呼，我看到晚霞映在唐婉的脸上一片动人，不由得憨笑起来。英子问我渴不渴，我还没回答，唐婉已拿了瓶饮料从楼上轻轻抛给我，我正在全情投入，猝不及防被水瓶子直接砸到了头上。二人先是一惊，接着在楼上笑得花枝乱颤，我看到唐婉笑得开心，捂着脑袋跟着乐了起来。英子下了楼，非说我是装傻故意的，我说西门庆和潘金莲的爱情故事就是这么展开的，你这个王婆懂个屁。唐婉也笑个不停，问我疼不疼，我连说没事儿。

进了礼堂，发现居然真的来了不少人，寥寥几个空位子上还放着书本、衣服或饭盒。英子说要去厕所，我和唐婉便坐下等她。没了电灯泡的感觉真好，我望向唐婉，像一个鉴赏家欣赏古董般陶醉，这鼻子这眼，怎么就长得这么是地方。她发现我盯着她看后，竟也朝我微微一笑，那笑容登时像电流一下穿过我的身体。我呆了足有一秒，才傻呵呵地朝她笑起来。

"唐老师。"我说。

"孙老师。"唐婉笑道。

"你呀,多悬啊,也就是生在现在,你要生在古代……"我笑道。

"还贫呢,脑袋上包下去了吗?"英子走回来道。

"我发你的歌儿听了吗?"我不理英子,眼睛仍注视着唐婉。

"还没,我们这几天事儿多,等忙完了就听。"唐婉道。

话剧没什么大劲,也有可能是因为我的心惦记着唐婉,在观剧时我不时用余光以极快的速度偷瞄唐婉。一次次斜视过去后,那个模糊的侧脸渐渐具体了些。虽然我有极大的冲动想歪头肆意地把美丽的容颜尽收眼底,可又总觉得身后有无数火辣辣的目光瞪视着我的后背。对此我深信不疑,我非常做贼心虚,那感觉就好像惯偷在人群中盯着一个厚厚的钱包,却意识到身后就有便衣警察一样。

"什么破玩意儿啊。"话剧结束后我看到唐婉一脸入迷的样子,蹙眉说道。

"嗐,学生排的话剧能好到哪儿去。"英子说,唐婉听了也没说什么。

我们随着人流一起向教学楼外涌,随口说些有的没的。到楼门口儿后我们站定,我在夜色街灯下摆出一副很帅的姿势,等着唐婉注目。英子看见迎风梳发眼波欲流的我后冷笑一声,说她们要先撤了。我有些失望，提议去宵夜，英子说减肥，唐婉也说要回去复习。无奈，在一再叮嘱唐婉回去听我发的歌儿后，我们各自散去。

　　从学校出来钻进汽车后，我察觉到了心中的一丝异样。似乎有一种可以吞噬我的力量正在我身体中酝酿，虽然它现在还只是萌芽的状态。是的，整个归途中，唐婉的样子居然就一直在我眼前挥之不去，我甚至试着幻想平日会让我欣喜的诸如大胸大屁股的女人非要强奸我怎么拦都拦不住等一系列画面，却仍没有一丝欢愉的感觉。于是，我突然怕了。

　　心中惴惴地开进小区，一只白猫躺在我车位上靠着地锁旁若无人，我怎么按喇叭它都不肯动弹，无奈我烦躁地打开车门冲它猛跑过去，它才轻灵地跃开。回家进门后，我倒在床上漫无目地地翻着手机，却怎么就那么想再看唐婉一眼？我打开电脑去音频网站下了几个新插件想分散一下注意力，但面对那些界面上的按钮，满眼索然无味。接着我又打开很久以前编曲的工程文件，也觉得无从下手。最后，我双击了苍井空的一个 AV，来打发时间。

　　无济于事，全都没用！都是徒劳的，我恐慌地躺到床上，身穿二一四中学校服的唐婉却出现在天花板上；我闭上眼睛，散落发丝的唐婉就出现在我的眼皮里；我屏住呼吸，唐婉的声音竟淹没了心脏蓬勃的跳动。这太令人沮丧了，我甚至不知道这一切是如何发生的，是谁偷偷将她画在我房间的天花板上，是谁趁我不注意将她雕刻在我的眼皮里，是谁，一声不响地将她溶入我的血液，注入我的心脏。

六

挑选礼物

这一夜我睡得很不好，我梦到我在一片水中下沉，虽然没有窒息，但那下坠的感觉令我非常不快。连蹬带踹一番后，我钻出水面夺路而逃。回头一瞥，蓦地发现那里竟是一片湖泊。接着视野中的整个地面呈九十度角竖了起来，变成了唐婉的脸，那湖泊正是她的眼睛。

醒来后我兀自惊悸，那湖泊那眼睛依然清晰，而且梦里好像还有什么旋律仍在耳畔，便爬起来抱起吉他哼唱。最后哼出几段还挺满意的旋律和歌词记在了本上。

"自从我遇见你，便沉没在你的眼底。"

大钱儿的琴行坐落在鼓楼东大街，靠近交道口儿的地方。门脸儿惨淡，丝毫没有音乐氛围，经常有人进他们琴行问有拉面吗。大钱儿忍辱负重不以为耻反以为商机，四处咨询谁认识兰州厨子，屡屡遭到我们无情的耻笑。

大钱儿，原名钱树琛，高中时我和赵扬认识的外校不良少年。我们在一次打群架对峙时相识，我对他在开打前振振有词滔滔不绝气焰嚣张、开打后扭头儿就跑一骑绝尘留下了极深刻的印象。我记得我们生生从白塔寺追到阜成门才把他按地上，在挥拳欲打之际，他以迅雷不及掩耳之势给我嘴里塞了根儿烟，口中连喊三声"爸爸"。

　　那时我才意识到，以"假牛气""跑得快"和"叫爸爸"三项绝技叱咤西四白塔寺的传奇痞子钱树琛正是此人。后来我们成哥们儿了，我这人大度。大钱儿说他是高干子弟，他家倒真是住总参里头，但他那饭后便前洗手外形举止酷似范伟的模样儿，实在没有红后代的派头儿。熟了以后我曾对他说，当天他那如闪电般塞烟的速度要是使成一个钩拳，我弄不好就被他打倒了。大钱听罢点上一支烟，将忧郁的目光抛向蓝天，说他彼时唯一的担忧是，万一那根儿烟没塞准塞我鼻眼儿里，他定是死路一条。

　　这种人品确实少有，所以稀罕。但他能在我们离开学校后还和我们走得这么近，与他受我们影响组乐队玩儿摇滚有关。虽然他那乐队专门儿出产狗屎，所有小样儿都像在机场跑道上录的，但我们仍然耐心地对他进行孜孜不倦的教诲，细致入微地指导他朝正确的方向前进。可他不思进取，辜负了我们的厚望。终日玩儿那些流于表面的肤浅行径，诸如为了彰显艺术家身份，走哪儿都斜挎一别着毛主席像章的军绿书包，没事儿就背着吉他骑辆二八大永久穿行于四九城间。有一次他没事儿闲的，骑自行车儿背着吉他绕着三环骑了一圈儿，历时十三个小时，被人称为"三环十三郎"，在京城摇滚圈儿传为一段佳话。

后来我们和他都意识到他不是做音乐的料,但都发现他这张嘴是个好经纪人的坯子。尤其是近两年他开始介绍自费歌手给我们发编词曲的活儿后,大家都落着好了。随着他的乐队不了了之,他便开了个琴行贩卖吉他,但因为见着生人太黑见着朋友杀熟,所以生意也一直半死不活。

"勃爷!"我一进门,大钱儿一脸谄媚,"是上回那个自费歌手的事儿吧?那人不靠谱儿,家里没钱,说是要把房子卖了当歌手,我一听这茬儿觉得有后患,就没再联系。"

"我早知道那歌手不靠谱儿。"我没给他好脸,大喇喇地坐下。

"是,有什么事儿能蒙得了您啊。"

"别废话,你这儿有靠谱儿的箱琴吗?给哥们儿拿一把。"

"箱琴?"大钱儿看了我一眼,仿佛在看一只狒狒,"你那几把不挺牛的吗?还买什么箱琴啊?"

"给找把二三百左右的手感音色说得过去的就成。"

"送妞儿吧?"大钱儿坏笑。

"收藏。"我说。

"收藏?你要不是送妞儿我都磕死,你试试这把。"大钱儿说着从手边递过一把木吉他。

几番换试后,我以一千二百元人民币在大钱儿处购买了一把标价四千三的木吉他。十二张小红,说实话,身为底层艺术家的我有点儿舍不得。最近没活儿手头也不宽裕，物质食粮稀缺。我给了大钱儿八百块钱，不是鸡贼。本来我只想买把二三百的吉他，所以身上只带了八百多。虽然大钱儿很不乐意赊账并暗示我手机转账，但慑于我的淫威也没敢再说什么。

七

一单"新活儿"

我像个刚入门儿的吉他爱好者一样把琴背回家,浮想着唐婉美丽的手指在这琴上跳跃的样子,蓦地,我意识到我今生从未这么细心地为人挑选过一件东西,不禁有些不好意思。

我给唐婉发微信说给她找了把吉他,朋友活动用的没花钱,接着又拍了几张吉他的照片给她发了过去。可等了几分钟唐婉一直没回,我不禁皱起了眉头。正抓耳挠腮,唐婉回微信称谢。我约她过几天见面,我拿琴给她顺便教她弹。

刚打完字,手机响了,赵扬打来告诉我制A和他联系要买我们那首《除了我你还爱谁》。他说八千买断,被赵扬宁死保到两万但要包编曲缩混。我说买断加包活儿这个价真的太低了,他给你而不给我打电话就是觉得你好骗。赵扬说先挣上这笔吧,要不真揭不开锅了。他还说这超女现在还算有点儿名儿,给一个治不孕不育的医院当代言人,看电视认准了一个地方台不换台,看一下午也能看见她一两个镜头。听他如此说，我也只得同意。

挂上赵扬的电话，我又将琴拿到手中把玩，只觉得灵感迸发，张手就能写出一百多首金曲，又觉得琴弦有些旧了，便剪断旧弦，从抽屉里翻出新琴弦。在装新弦前，我在琴孔里用签名的黑墨水儿笔力透琴背地写下了"赠予唐婉"几个字，就仿佛把唐婉婀娜的身姿也勾勒了出来一样，让我的心神为之一荡。

正在自赏，大钱儿打来电话。

"外，钱老师，我正转账呢，那四百块钱你放心吧，这就过去。"

"不着急不着急，我是催你债的人吗？不是这事儿，哥们儿刚给你联系了一个大单！咱们首都一著名富豪要出专辑，你什么都别说，赶紧叫上赵扬，咱们现在就杀奔 Coco Watermelon VIP 包一。我跟人家约的十点，人家老板特有兴趣，说请咱们喝酒。"

"真的假的啊？牛啊！什么富豪啊？"我喜出望外，感慨唐婉如此旺夫。

"专门玩儿牛肉的一老头儿，北京你吃的所有牛排、肥牛儿、上脑儿、眼儿肉什么的全是人家的货。我报的四十万一张专辑，成吧？"

"成呀！他要是真这么趁，就得报八十万！"

工体东门，Coco Watermelon。在店前停车时势利眼的保安宁死不肯让我把我的那辆普桑停在他们门口的车位上,我倍儿不忿地停在边上胡同儿里走出来,看到保安正谄媚地招手让一辆大奔停在了那个车位上。

踱入夜店,音乐"动次动次"响个不停,闪烁的灯光下各种男男女女化着烈焰红唇的鬼妆穿着薄露透松的鬼服扭着肥硕的腰肢生怕别人觉得自己不会跳舞。V1包间稍显安静,偌大的包间中围坐着平常从不混夜店衣着随意不入流不时尚的我和赵扬、大钱儿,与Coco Watermelon 如此声色犬马的地方显得格外不协调。

"大钱儿,你不会是让人涮了吧?愚人节什么的。"赵扬很局促,他刚才进来的时候告诉我,他看见包间最低消费是八千八百八十八。

"不能够,人家说了十点抠抠儿沃特迈浪威一,郝哥订的位嘛,没错!"大钱儿也有点儿吃不准,字正腔圆地说。

"反正我身上是没有八千八百八十八,一会儿结账爱谁掏谁掏。"我低头刷着朋友圈儿,感慨唐婉居然没有更新,包间内的服务员听见后立即五官凑成狗眼看人低状。

"你不结账?我这是给谁发活儿呢?"大钱儿道。

"没有,我这不是提醒赵扬呢嘛,一会儿让他结账。"我笑着对赵扬说道。

"我哪儿有八千八啊?"赵扬满脸惶恐。

正在扯淡,一位鹤发童颜如同KFC上校的老人携四五位整容丰胸后的女子昂首阔步走入包间。

"郝总吧?"大钱儿几乎热泪盈眶,冲上去如同掉队的军人重新找到了组织,"我们通过电话,我是小钱。"

"嗯,我是郝博,我比你们大点儿,叫我郝哥就成啦。"KFC上校郝哥与三环十三郎钱哥亲切握手,"你是小钱?"

"是我是我,郝大哥,这两位是孙勃和赵扬,他们现在是中国新生代词曲人和编曲人中的佼佼者。"大钱儿介绍道,我与赵扬冲上去各种溜须拍马以示久仰郝哥大名但闻名不如见面。就这么会儿工夫,那几名妖艳女子已经瞬间在点歌机里点了十几页的歌儿,毫不见外地唱了起来,音准和节拍都有极大的问题,我死命忍住想捂耳朵的冲动。

夜店包间里的服务员多有眼力劲儿啊,分分钟把洋酒开了N瓶,兑着绿茶一个劲儿往众人手里送。我和赵扬大钱儿都心系挣钱不想让酒坏事儿,拿起来只是意思了一口。那姐儿几个可不吝,杯子拿起来就周干净了,周完了继续边唱边跳边喝边扭,不唱的立即玩起了骰子划起了拳,没一个认生的。郝大哥喝了几杯脸一红也美了,跟几位大妞儿说让她们把外面认识的姐们儿都叫进来玩儿,霎时间刚才空荡荡只坐着三个穷小子的包间人声鼎沸摩肩接踵,我们三人身边坐满了各种难看得我都替她们不好意思的残蜜,地上也铺满了从她们脸上掉落的粉底。

"郝大哥!您是想自己出专辑唱歌儿吗,还是您想包装谁?"因为包间内太吵了,我在郝哥耳边大吼。

"就我自己喜欢音乐,想唱歌,但也不排除扶持一下新人的可能!"郝哥也在我耳边喊道,说完扶持新人后,目光在正唱歌儿的几个大妞的腿上流连着，妞儿们的眼中登时迸发出如同千里马遇见伯乐的光芒。

"您是自己写歌儿让我们帮您编曲制作，还是词曲也让我们来出啊？"我继续喊道。

"都可以！我自己也可以写些歌词，原来我像你们这么大的时候我也是文艺标兵，出个板报写个标语什么的都是我来，你们可以帮我谱曲！总之真要说到音乐专业上的事我肯定不行啦，所以要找你们嘛！"郝哥在我耳边喊完后笑着与我碰杯，我满嘴的哪里哪里郝哥过奖了，跟他把酒干了。

大钱儿见势也冲过来，扯着脖子在郝哥耳边用喊的方式将我和赵扬在中国原创音乐界的种种作为添油加醋地叙述了一遍，重点描述了刚刚为知名超女美韵量身打造主打单曲这一事件，听得郝哥不时冲我们相见恨晚地喊道："年轻有为！年轻有为啊！"接着又是一通碰杯，我们也不好不喝，只好跟着各种干杯。不一会儿几瓶洋酒见底儿，其间点歌机里的歌儿被众妞唱了N页，我们见缝插针地在郝哥耳边对自己的业务又进行了吹捧。中途我偷偷耳语大钱儿让他赶紧把价钱商量好，然后把签合同的日子敲定了。大钱儿说先喝先聊，现在说这些，有些唐突，要等时机成熟。这一等不觉间时辰就过了子时，我怀疑洋酒没喝掉一百瓶也得喝了八十瓶。包间里各种穿职业服饰的女性早已东倒西歪，我们几个也都喝得有些头晕欲吐。

"郝大哥，您看我们之前给您报的那个价格成吗？"大钱儿终于问道。

"钱都是小事儿,喝酒!喝酒!"郝哥大笑道,再次举杯。我们仨无奈了,只好又赔笑着跟着干杯,刚喝完就来一帮傻缺服务员又给我们满上了,给我气得直瞪他们。

"郝大哥,您看一张专辑,我们词曲编录缩加制作宣传,一个发布会和两支胶片MV,八十万,您看怎么样?"大钱儿继续在郝哥耳边问道。

"八十万拍不了胶片的!"赵扬喊道。

"两支数字的,两支数字的。"大钱儿圆场。

"这都不是问题,喝酒!"郝哥又开怀大笑着举杯,好像没发现跟之前报的四十万有价格上的出入。我们无奈只好又跟着干杯,酒劲顶着假笑导致我一脸抽搐。

"郝大哥,您看咱们什么时候给您启动这个项目?要不然我们先给您做出一首歌儿的小样儿您听一下?或者给您做个策划列个费用清单?"大钱儿又喊道。

"没问题没问题,来,喝酒!干干干!"郝哥再次举杯,我虽然很想骂街,但还是一脸笑意地把酒周了。

为了八十万,为了唐婉,喝吧!

"勃子,我真不成了。"赵扬仰躺到沙发上,眼歪口斜。

"去厕所吐一下吧,吐一下就好了。"郝哥不愧是老江湖,经验丰富,喝这么半天居然没事儿。

"走吧,一块儿去吐一下吧,吐了就好了。"我也很想吐,见包间的洗手间被各种妞儿占了，便叫着大钱儿一块扶起赵扬走出 V1。

刚走进洗手间，赵扬就扑到马桶前，喉咙最深处发出一声"约"的巨响后吐出了这两天他吃过的东西。待吐得舒缓了，他嘴上拉着丝儿回头冲我骂道："勃子，这郝哥是一干杯范儿啊！我真不成了！"

"原来在这种时尚的地方，厕所叫化妆间。"大钱儿凝望着洗手间入口自言自语道。

"钱哥，咱们今天别白来一趟啊，好歹跟郝哥把价儿谈拢把合同哪天签了啊，要不这么喝下去我也快歇菜了。"我扶着墙，想吐吐不出来，一时间天旋地转，难受无比。

钱哥并不答话，三步并作两步扑到一个马桶前也大吼一声"约"，任一条污秽的瀑布从他口中汹涌而出。

"不过我看他这派头儿，八十万扎下有戏。"我继续说道，赵钱二人并不答话，仍然用各种音量大呼小叫着"约"这个字，跟邪教似的。

"你们别吐了，我这吐不出来，看你们吐得这么生动我更难受了。"我见二人吐得眉飞色舞，有些心烦。

"相信我，勃子，这郝哥咱们一定要拿下，我刚才看这派头就知道咱们左了，咱应该跟他报二百万！"大钱儿抹了把嘴，跪在马桶前回头奄奄一息般地对我说道。

"我觉得也是，咱今天喝的这趟酒，包间费酒钱服务费等一系列我怀疑六七万都够呛能拿得下来，够做俩单曲了！"赵扬道。

"早都干吗去了？现在怎么加价啊？实在不成，做了以后再想招儿多给他编点儿开销吧。"我道。

"哪个孙子拉完也不冲!这里头有一橛儿屎!我抱着马桶吐了半天才发现!"大钱并不理我,像抱着一个米缸一样抱着他面前的马桶愤怒地吼道,"有人管没人管!"

"傻缺。"赵扬抱着他的马桶神经质地笑道。

"诶,勃子,我这马桶里有屎,要不我扶你过来看一眼屎,你一恶心就吐出来了。"大钱站起身认真地对我说道。

"去你大爷的!"我骂道,头再次一晕,脚一软差点儿仰过去。

在返回包间的路上,大钱儿一直坏笑着让我这单给他多提点儿,八十万给他提十万。我跟他说先别聊这些,我担心郝哥已经喝断片儿了,明天早上他起床要是什么都忘了,那不白张罗嘛。大钱儿说不可能,郝哥这么能喝绝对不会断片儿,接着又问我四百何时给他,我顾左右而言他。

进了包间,郝哥又招呼服务员给我们倒了酒。我盯着酒杯,只想把酒泼郝哥脸上。屋里的庸脂俗粉们狂欢着,我突然就想到了唐婉。奇怪,为什么我现在喝这么大了还满脑子都是她?

八

吉他传情

跟牛肉大亨郝哥喝完后我根本就不知道怎么回家的,第二天起来晕了一天,签合同做歌儿的事儿也没人提,我给大钱儿打电话让他追一下这事儿,大钱儿除了一句"一切尽在掌握"也说不出别的。

六月有些深了,说是初夏,但其实已经相当热了。北京的初夏、盛夏和夏末都没有什么区别,唯余闷热。我不顾酷暑,打扮一番带着吉他开车去见唐婉,快到劲松的时候我勇敢面对被诅咒的命运花钱洗了一趟车,洗完上路后双目如炬。

当我看到英子和唐婉一块儿过来的时候,我稍微有点儿失望。虽然英子不是外人,但我还是想和唐婉独处。英子与我似笑非笑地打招呼,唐婉在她身后向我微笑招手。她头发随意地梳了个马尾,辫子看上去像美人鱼的下半身一样。

招呼寒暄入座,三人均是无言。

"打开看看啊。"英子觉得有些尴尬，先开了口。

我应了一声，小心翼翼地从琴套儿里掏出琴放到腿上，从六弦抚到一弦，崭新的琴弦声如清泉。

"赠予唐婉还行。"英子瞅着琴孔哂笑。

费了老劲给唐婉讲怎么把吉他放在腿上，怎么拿拨片，粗的是六弦细的是一弦，什么是"五三二三一三二三"，什么是"C"和"Am"和弦。我其实特别烦教人弹吉他，废嘴，但唐婉美到足以成为特例。在这十余分钟的教学中，唐婉表现得非常认真，那种认真中包含着她某种特殊的执着与目的，这让我突然有些不快。

教学完了，英子和唐婉说要准备考试得回学校，我殷勤地表示愿送二位归去。在往外走的时候我问唐婉是否听了我的原创歌曲，唐婉微笑道最近太忙还没来得及。我有些不悦，显然，我认为我的才华与热情遭到了冷遇。走出咖啡馆，视野里行人纷纷萧索欲断魂，天空阴得不怀好意，令我再次为我一洗车就下雨的命运扼腕。

进了车后我察觉到心中那股说不出的腻歪，就像抓痒痒没挠对地方。仿佛还有什么重要的话没说，亦或还有什么重要的事情没发生。我回头望向后座的唐婉，第六感告诉我答案在她身上。她正小声儿和英子说着什么，接着她们两人都轻轻地笑了。

是什么呢？

我一面努力地琢磨，一面努力地不动声色。英子似有察觉，便没话找话地聊着，我有一没二地搭着腔。唐婉问了些关于吉他保养的事，我细心解答。到了校门后二人下车，英子歪嘴道："我们于考试前的百忙之中抽出时间来见您，您还耷拉一脸？"我说我突然来了灵感正在思考几首歌曲的编配，又挤出一丝笑容，才一脚油门轰鸣而去。

驶进了三环主路，天更阴了，莫名的烦躁随着风中的一朵乌云同时涌起，不由自主地让我脚下的油门更深了。两边的景物加速驰退，混沌的热风不停地从摇下的车窗冲进车里。正出神，几滴雨点落在风挡玻璃上，接着它们以几何级数增多，雨滴似从什么苦闷的地方解脱了一般，兴奋地击落在这城市中。阴暗的天空中打了几下闪白，闷热有了一丝缓解，轻爽的凉意缓缓地在车里流动着。

手机响了，我翻出来，一条新微信。

"孙老师你怎么了？突然心情不好？"是唐婉发来的。

扑面而来的温暖伴随窗外一记响雷，那正令我苦思的答案就像是在脑海中爆炸了一般。是的，我要的是爱情，唐婉的爱情。我正渴望她爱上我，我要看到的是她对我的付出给予的回报，我要看到她坠入爱河！没错儿，刚才她礼貌的言行与客套的举止说明她根本就不爱我，我们俩刚才就像两个根本就不熟的朋友，她望向我的眼神中压根儿就没有那种怀春少女的企盼和神采。

想到这里，我心灰意冷。

我给唐婉回微信让她好好练琴，下次教她新和弦。唐婉说特别感谢我送她吉他一定好好练云云，还嘱咐我好好开车别总看手机，要开心要保持好心情。我握着方向盘，良久，我飞快地给唐婉打字：
"其实也没什么心情不好的，我只是不知道我怎么才能打动你。"

九

新人录歌

一夜过去，我都没有收到唐婉的回信。第二天唐婉在朋友圈里发了张吉他的照片，说要开始学吉他了，我飞快地点了赞并热情留言，也没有下文。

对于我这样身体中充满艺术家敏感基因的人来说，不回微信是一件特别大的事儿。所以，我强迫症般不停拿出手机看微信，不停怀疑自己是不是真的发了、唐婉是不是真的收到了，并想象她没有回复可能是因为手机或网络故障，抑或因为考试一直关机或者电话没话费了等一系列原因……

这琢磨的过程往复而错综、交织而又混乱，我从成熟而客观的视角也已发现自己的患得患失。于是，脑海里有一个声音问我是不是坠入了爱河，而另一个声音立即清晰冷静地分析论证了阅尽千帆惯看情场的我不可能没见几面儿就爱上这么一个小丫头。她胸也不大腿也不长，没理由让我沉迷，我一定是陷入了一种其他什么情绪，并为之羁绊,至于言明此情绪为何物,尚需时日。

不回就不回吧。

第二天,我和赵扬去制A的公司签了合同,卖了那首《除了我你还爱谁》。由于要赶美韵的档期,我们立即约了关系户录音师刘甲的棚。隔天傍晚,我们来到刘甲扒活儿的那个位于双井的地下室录音棚。

刘甲,本名儿刘洋,因为我们认识太多叫"刘洋"的人了,所以我们就按认识的先后顺序,排出了次序。刘甲,是我和赵扬在这个圈儿认识的第一个刘洋。他也是北京人,人很精明,瘦高,尖嘴猴腮,经常在路上被人拦住问:"六小龄童老师,我能和您合张影吗?"

我们刚认识他时他也在玩儿乐队,弹贝斯的,乐队叫"黑山老妖",主打歌儿叫《帮主你品位太差了》,说是看《大话西游》得来的灵感。当时我和赵扬的乐队曾经跟他一块儿演出过,不过那会儿我们都特看不上他,因为他那会儿是化浓妆穿裙子玩儿日式视觉系的,跟我们这些正统的中华田园摇滚肯定没法比。后来他就改录音师了,混了几年,已然录过几个大牌儿艺人了。

在一堆音频设备环绕中,刘甲坐在我对面的转椅上为日本女优拍片儿时是不是真来高潮和赵扬抬杠抬得火热。我坐在那刷朋友圈儿,给各种有业务往来的朋友点赞。点得差不多了,便开始瞅着唐婉的微信头像出神，脑海里想的全是唐婉为什么不回我微信。

正无趣时，门被推开了。制A带着一个浓妆艳抹穿着超短裙看上去很像失足少女的女孩儿走了进来，身后跟着个小助理模样的姑娘。那艳妆女孩给人的第一印象就是脸大，谓之血盆大脸也不为过，但脸下的胸却极平，显得她很畸形。

一通虚假的客套介绍后，平胸大脸的就是超女美韵。刚要开工，制A说有要事让我们先录，便推门而去。制A这么鸡贼的人能把女艺人扔我们这几个看着巨饥渴巨热爱妇女的北京糙老爷们儿手里，此女艺人长得多让人放心可见一斑。

美韵倒是一点儿不吝，她做出见过世面很有录棚经验的姿态，带着小助理踱进棚里开嗓。这个棚是由两间屋子组成的，里面是录音室，外面是工作室，两屋中间有一扇隔音玻璃窗，沟通靠调音台边的MIC。刘甲和赵扬一通导音轨码波形，动作都很娴熟专业。

"这歌儿你练得怎么样了？"我站在调音台前，看到玻璃窗那边美韵戴好耳机后，以制作人的口吻按下对讲键对着MIC讲话。

"在家一直有练，总之还要靠几位老师多担待哟。"美韵也是一口极正宗的台湾腔。

"好，我先放一下伴奏，你跟着过一遍，找找感觉。"刘甲也专业地坐在录音师专座上，放起了伴奏音乐。

"这姐们儿是台湾的还是大陆的啊？"我松开对讲开关问众人，

这样里屋就听不见外屋说话了。

"大陆的吧？"刘甲道。

"那怎么台湾腔儿这么重啊？我当她台湾的呢，张嘴全是蚵仔煎味儿。"我说。

"这也是咱们这一行的特色，港台腔儿高级。"刘甲道。

"说什么话无所谓，主要姐们儿您这胸也太平了，脸大就算了，没胸就别瞎露，还非穿这么暴露。"赵扬眯缝着眼睛盯着玻璃窗对面的美韵道。

"麦克关着呢吧？"刘甲猛地坐直。

"关着呢关着呢。"赵扬看了一眼控制台。

"人都是'童颜巨乳'，您看咱这姐们儿胸这么小脸倒是真大，整个儿一'童乳巨颜'。"我道。

"真损！"众人哄笑起来。

"你们说是不是，这脸得有 E 杯了吧？"我说。

"有了有了！"赵扬狂笑着附和。

"我估计这妞儿肯定跟那制 A 有一腿吧？"我说。

"这还用说！"三人越说越来劲，笑得屁滚尿流。

正在咧嘴取笑，我突然想到了唐婉。那感觉就像被噎着了一样，笑容登时凝固在了脸上。她正在干什么呢？会不会像我这样把她想起？正感怀着出神，美韵毫无预兆地张嘴了。刹那间，我们仨像被小痞子扇了大嘴巴的老实学生一样，呆了。小助理推开门自己走了出来，表情很是局促地坐在了工作间的沙发里。这也是人之常情，正常人没练过功夫肯定顶不住美韵的歌声儿。

太难听了，刘甲还给加了一个大澡堂子混响。小时候我去郊区的亲戚家，夏天后半夜路边儿上的湿地里一大群蛤蟆叫起春来，就这效果。

"可以了咱们就开始录吧？"我实在听不下去了，按开MIC说。

一句一句录人声的工作开始了，对于唱成这样儿的歌手我们都有经验，前期录成什么样儿都无所谓，后期音准全重新修，气息全用工具划成直线，节奏千刀万剐码成准的。我拍了几张带着录音棚环境的工作照发了朋友圈，用浓重的笔墨介绍了我们正在辛勤耕耘的工作并将美韵赞为天王巨星。没多会儿各种赞和评论纷至沓来，我在其中细心地寻觅唐婉的消息，意料之中的一无所获后我将手机扔到一边，一阵无趣袭来。

思前想后，我给唐婉发了条微信，问她吉他练得如何了。唐婉居然很快回复了，她说要考试了一直在复习，没什么时间弹。我问她何时再见面上第二节课，唐婉说考完试就约。

我把手机揣回兜儿里，像松了口气般叹息一声，显然，对于唐婉没有和我绝交却装作没看见我那条微信，我心情复杂。透过玻璃，美韵深情演唱的形象颇似母蛤蟆叫春时尽可能多驮一个公蛤蟆的劳模姿态。

正在纠结，制 A 推门回来了，我们立即热情迎上，并对美韵的演唱进行了骇人听闻的赞美。

其实，我也对自己奉承的言行感到厌恶，不管是对制 A 这种不招人待见的傻缺，还是对唐婉那张美丽的脸。

十

为爱踌躇

那天录完了美韵的人声我就感冒了,一把鼻涕一把泪的,我怀疑是被美韵听觉加视觉的双重攻势摧残的。第二天,我带病和赵扬去找制A结了一次账。他百般推脱各种搪塞,最后只给我们先结了八千,说剩下的一有空儿就给我们结。我早知道结账的时候会有娄子,没奈何跟赵扬一人分了四千撤了。

回到家后我感冒就严重了,涕泪横流还开始发低烧,没奈何只得卧床养病。我躺在床上不停地看《了不起的盖茨比》,忖度唐婉究竟拿我当什么东西。感冒好了后,我和赵扬接着以一泡屎一首歌儿的速度又出了很多"产品",准备继续扎公司卖歌儿,扎歌手做专辑。其间我曾经致电大钱儿向其询问牛肉大亨郝哥那八十万的专辑还做不做了,得到的回答仍极不靠谱儿。"你别管了,尽在掌握!"大钱儿这样说道。

你看到了，我没有联系唐婉。

原因很简单，在那天给美韵录音的时候我突然烦了，我觉得自己这样一个知名音乐人上赶着贴一女大学生特别丢份儿，特别地热脸贴冷屁股。但昼夜流逝，一个多星期过去了，手上虽是捧着书，可字里行间却只有唐婉的样子。恍恍惚惚的，书上印的油墨已全是她的马尾辫儿。我不停地看手机，盼望她联系我，盼望她更新朋友圈，盼望她给我每天狂发在朋友圈里的无病呻吟点赞。那种盼望令我浑身不自在，仿佛哪儿都不对劲、不踏实，干什么都抓耳挠腮，而更糟糕的是，这种说不出来的别扭正随着血液往全身蔓延。

好在这十天来都有英子一直在给我当间谍，套着唐婉的消息，我每天各种微信都把英子给发颊了。英子是唯一的出口、唯一的起点、唯一的直布罗陀海峡将大西洋与地中海之间的信息融会贯通。每每思念之痒难耐，我都会翻阅英子和唐婉那些不耐烦又言简意赅的微信回复并从中寻些安慰。而所谓安慰，其实也是自以为唐婉多少也有些喜欢我的牵强附会。

照英子的说法，唐婉同学在生活中的状态跟往常相比一点儿变化都没有，除了上课，回宿舍复习，就是看看书听听音乐，偶尔拿出吉他弹几下，但弹得也不是非常多。和我的夜不能寐相比，唐婉的生活仍然按部就班，远没有我的变化大。

好吧，我认为，此时此刻，已经可以坦诚地承认自己早唐婉一步坠入了爱河。是的，我意识到那正在我体内扩散的东西是爱情，而唐婉的举手投足也正顺理成章地成为我孜孜不倦的追求。所以，作为一个卓尔不群的艺术家，我不应该像个凡夫俗子般执拗地抵抗这人类美好的情感。相反，我应该煽风点火推波助澜，最不济，也得顺其自然。

想通此节，这一日我沐浴更衣，焚香一炷，换了新内裤后，掏出手机打给唐婉。电话接通后我一通问候，唐婉说一直考试特别烦，我说我们最近在给巨星美韵做唱片，邀她有时间来棚里玩，唐婉说要考试以后了。正无话可说，唐婉突然问我：

"孙老师，有一首歌儿，叫 *Vincent*，你知道吗？是给凡·高写的一首歌儿。"

"太知道了，Don Mclean 唱的那个嘛。"

"那个，好弹吗？我想学这个……"

"简单简单，没问题，我扒下来分分钟教会你。"我殷勤道。

"嗯，那谢谢孙老师，我会好好练的。"

"别客气别客气，到时候约起来啊。"我又笑了。

挂断电话，我立即下载了 *Vincent*，并用迅雷不及掩耳盗铃的速度把它的谱子扒了下来。

"唐老师，*Vincent* 的谱子我已经扒好了，这几天有空约起来，教你弹。：）"我给唐婉发微信。

"嗯。：）"唐婉回复道。

十一

翻腾的心事

七月了，城市里朝九晚五的人们都习惯了黑白轮转，没有人注意到夏日的逼近。

我们给美韵作的那首单曲《除了我你还爱谁》开始在网络和一些偏僻的电台上推了，想不到制A那不靠谱儿的破公司动作还挺快。但我个人认为，就算是再能火的歌儿，让美韵一唱，也肯定歇了。每每耳畔传来蛤蟆叫春的声音，我都会想起郊区的臭水沟，还有制A欠我们的一万二。

意外的是，没几天此曲便引起了哄动，这与制A找的营销团队在微信朋友圈和微博上花钱找大V网红疯狂发表吹捧美韵的文章有直接关系。毕竟从众的人多，看见什么转发多了都信，再扯淡的瞎话，朋友圈里只要有十篇文章说是真的，全中国最少也有九亿人得信。

很快，民众们都将《除了我你还爱谁》下载到手机上在街头巷尾纵情地播放，并忘我地跟着副歌部分深情吟唱。广场上的大妈们不再跳民族风 Remix，而是跳起了《除了我你还爱谁》。神奇的是，美韵歌喉响处必有成批的蟾蜍蜂拥而至，这也引起了地质学家和生物学家的关注，在有些地区甚至造成了不明真相的群众对地震的恐慌。

赵扬对这事儿倒很是得意，除了狂发微博和微信朋友圈大肆昭告天下，他还给友人及曾经拒绝过他的女孩儿们群发微信，告知他写的歌正被知名超女当作主打款。接着他又开始天天朋友圈早晚各转一次《除了我你还爱谁》的音乐和我们与美韵、制 A 的微笑合影，为此遭到无数人屏蔽、拉黑。

由于被胜利冲昏了头脑，他还特意约我上他家一起在网上看 N 年前的选秀比赛，说是要熟悉市场需求，看看什么样儿的艺人和歌儿能火。节目开始后，只见屏幕中的选手们时而狂歌起舞时而捶胸顿足，有的唱歌流了一脸大鼻涕，有的跳舞摔了个大马趴。最后我和赵扬屁滚尿流地笑了一个晚上。

笑过了也还得给人当枪，制 A 兴奋地打来电话说我们的歌儿火了，尤其是在我国一些七八线城市反响极佳。我告诉他就算是在伟大首都北京，在市郊诸如密云、怀柔、房山等城乡接合部的菜市场和台球厅里，待久了也可以听到各个年龄阶段的人们大声咏唱。

制 A 大喜，让我们趁热打铁再给美韵量身定做几首新歌，并声称未来是我们的，有钱一起挣。我连说没问题，并在对制 A 进行一番吹捧后问他这歌儿的彩铃下载收入怎么样了，制 A 立即岔开了话题。我又问他剩下的账什么时候结，还压低声音凑近手机说最近赵扬家里出了点儿事，赵扬身体也不好住院了可能要换肾，急需用钱。制 A 说：

"好的，明天我就给你们办，我办事你放心。"意料之中的，第二天什么都没发生，打制 A 电话无人接听。

数日后算着考试已经结束了，我打电话给唐婉以教她弹 *Vincent* 的名义约见面。在极认真地洗了个澡后，我光着屁股翻箱倒柜把我的衣服堆满了房间。最终，我穿了条牛仔裤和一双靴子。众所周知，在北京，夏天穿长裤会马上捂出痱子，穿靴子多健康的脚也立变汗脚。可我不在乎，这就是我的孔雀开屏，我已陷入到一种狂热的迫不及待中，我意识到我渴望牺牲，也就是说，我的性命都巴不得为唐婉双手奉上，遑论痱子汗脚。

站在镜前，我对这个精神而又眼带狡黠的小伙子颇满意。

虽然是傍晚，但北京东三环外的空气中仍然残存着日间的闷热。在这种情况下，一般我总会变得烦躁且充满攻击性，具体体现在跟街上的陌生男性照眼儿或开车的时候强行猛拐跟人斗气儿等一系列事上。可此时此刻的我不同了，我坠入了爱河，我的脸庞洋溢着甜蜜，我的嘴角含笑目中流波。我甚至别有用心地去洗了车，我像鸡贼的运动员会利用规则般试图利用我一洗车就下雨的命运，带了雨伞准备在雨后和唐婉伞下漫步看世间繁华。

在咖啡馆里的青年男子们突然开始低头不语眼神乱瞟的时候，我知道唐婉来了。我望过去，看到她正背着那把吉他走进门。一条墨绿色的短裤，一件深色的 T 恤，没有梳马尾，头发像柳枝一样轻轻地散开垂下,看得我醉了。

"我脸上有什么东西吗?"唐婉被我看得有些发毛。

"没有没有,我就是感叹啊,你是有多幸运,就你这模样儿,你也就是生在现代,你要生在古代,得有多少王侯将相为了你刀兵相见,你得背多少祸国殃民的骂名……"

"又来了。"唐婉低头笑了。

我把吉他取了出来,问唐婉练得如何,唐婉说一直在忙考试没太练。我弹了几下,果然弦已经跑了。我调好音高,把 *Vincent* 从第一段主歌唱到了副歌,歌声引起了店中一些顾客的注意,我用咄咄的混蛋眼神儿瞪了回去。

"你听着觉得成吗?这是原调的。"我问。

"真好听……"唐婉眼中闪现的光彩令我非常满足。

费了老劲告诉唐婉和弦怎么弹,唱哪句的时候该拨哪根弦等,一系列手把手儿的教导后,我认为,在演奏吉他方面,唐婉没有什么天赋。

"唐老师喜欢的这歌儿我也挺喜欢的,说实话我觉得唐老师还是挺有品位的。现在有的小孩儿,想学的歌儿都是什么偶像剧的片尾曲什么的。"我说。

"噢,其实也不是。原来我曾经听一个人弹唱过这歌儿,当时觉得挺好听的。"

"一个人？谁呀？"我问。

"我一定好好练，谢谢孙老师。"唐婉微笑了一下，没回答。

又聊了会儿，我问唐婉是否听了我发给她的歌儿。她说听了，觉得还行。我对于她这种显然没有被我的才华深深打动的近乎敷衍的客套回答颇感失落，毕竟这种事情在我这个才子身上罕有发生。又寒暄了会儿，我提议回去。

"不早了，早点儿回去休息吧，你刚考完试也挺累的，有什么不明白的咱们随时打电话。"

出门后我将目光抛向夜空，只见夜晴万里，我紧紧咬住牙关，在心中怒骂自己洗车求雨这样十拿九稳的事居然都破天荒失败的悲剧命运。

在把车停在北工大西门后，我熄了火儿跳下车要求送唐婉回宿舍。唐婉说不用麻烦，但在我的一再要求下，她也未再说什么。

夏夜不是那么热了，但还是有些闷。月光很皎洁，一层薄得像梦一样的轻纱覆在它上面。甜蜜蜜的情丝撩动着我的心，弄得我这样一个情圣居然都局促了起来。

"唐老师，你是真没交过男朋友吗？"我问。

"嗯，你听谁说的？徐荧吧？"唐婉看了一我眼，那目光让我的骨头都酥了，"是不是说出来挺让人笑话的？"

"太不是了，我觉得像你这么才貌双全还如此冰清玉洁的女孩儿，在现阶段这种声色犬马的社会简直如同化石般稀有。"我道，"不说了嘛，你也就是生在现代，多悬啊！我都替你捏一把汗，就你这模样儿，你要是生在古代……"

"哈哈，孙老师你这一套是跟多少姑娘说过啊？说得这么溜。"唐婉笑了。

"没有没有，不是套路，我只是陈述客观事实，真的，我打头回见你我就想，这般花容月貌，要搁古代，还有貂蝉西施什么事儿啊？或者，你甚至根本就是貂蝉西施的转世也未可知。"

"太夸张啦，孙老师你真逗。"唐婉抿嘴笑着低了一下头，又抬起头看向另一个方向。

唐婉的笑容令我很开心，两人继续并排前行。没迈几步，我们两人的肩膀轻撞在了一起。虽然双肩很快就像落下的海浪一样错开，但我的心却怦然而动。

"是时候了吧？"我看着唐婉轻垂在身边的手暗想，目光如电双瞳如炬。

"到啦，你路上小心。"唐婉在宿舍楼门前转过头来，月光倏忽间染白了她的黑发。

"噢，是吗？那你早点儿休息吧。"我苦笑。

"嗯，今天……谢谢你啦。"

"没事儿，唐老师一个电话，随叫随到。"

"拜拜。"唐婉转身时长发飞扬,像林海雪原风中的万根松针。

"拜拜……"我站在原地,正派的笑容僵在脸上。

我丧着脸独自顺着原路走向校门,觉得自己像是上着半截儿课犯了错误被老师遣返回家请家长的小学生。瞧我都做了些什么——梳洗打扮,穿我最贵的衣服,在北京最热的七月捂一条厚长裤穿一双靴子,花钱洗车,扒她喜欢的歌儿,教她弹吉他,送她回学校,营造浪漫的氛围说她爱听的话,可她连正眼都没给我。

自作多情所产生的挫败感转化成愤慨涌上心头,我踢飞了一块石头,空中的月亮也像马路对面儿驶来的大货车上晃眼的远光灯一样招人讨厌。我为什么这么上赶着?这不是我,这不是那个肆意妄为的孙勃儿。

沮丧着钻进车里,打雷了,雨水在劫难逃般瓢泼而下。我将目光抛向水雾浩渺中,却突然察觉到了我的疏忽。是啊,我还没向唐婉表白过,她这么单纯一姑娘,不捅这包袱皮儿肯定不行。

没错,我得跟她说我爱她,我得表明自己谈恋爱的决心以及对结婚过日子放牛打渔男耕女织心心相印举案齐眉的盼望与期许。同年同月同日生!知心爱侣命运奇缘,舍我二人,其谁哉?

为了我胸腔中这颗本曾属于我的心,也为了你未来的幸福,唐婉,我将在你面前告诉你:我爱你。

十二

与彭总签约

从北工大回家的路上,赵扬电话我说他们家楼下的老太太也开始跳《除了我你还爱谁》了,他问我咱们是不是火了,我说不可能,没有火了还开桑塔那的。他又说最近天天有人给他打电话约歌儿,现在有个肥活儿,做一个新艺人,四十万的制作费,内容全我们说了算,而且没中间人,又省了百分之十。还是一女艺人,天造地设。

"靠谱儿吗?"我问,"现在音乐圈儿这环境除了郝哥那种土豪还有正经出专辑的?"

"靠谱儿,我之前电话都聊得差不多了!"赵扬道。

"行吧。"

"你这声儿怎么这么没精神啊?跟被狐狸精迷住的秀才似的。"

"没有,我已经进入制作人状态开始构思编曲了,走神儿了。"

翌日我和赵扬约到东三环的那家写字楼,沿地毯走进了楼道尽头的一家公司，公司外面的牌子上四个大金字，"盛世阶梯"。前台的镜中映出两人，一个脖子很长双目炯炯正摩拳擦掌，另一个没精打采眉宇间似有无限心事。

我们被一个女秘书带到一个小会客室中，坐了会儿，一个西装革履的人走了进来。他三十五六的年纪，体态极瘦，长得有些像猴子，赵扬介绍说这是彭总。虽然这人也面带些奸相，但比制A那种脑门儿上写着"鸡贼"两个字的人看着是顺眼多了。我鼻翼深缩气沉丹田，一通神喷各种溜须拍马，用世间华丽的词藻将彭总赞美得体无完肤。彭总虽连连摆手，却又不住点头，合不拢嘴地说"哪里哪里"。之后我们介绍了独力制作当红超女美韵最近如火如荼的神曲《除了我你还爱谁》的成功案例，也坦承肩上担着振兴中国原创音乐的重任确实有些许压力。当然，最终我们在无意间腼腆道出了中国大陆新生代音乐制作幕后工作者，舍我们两个青年才俊其谁哉的客观事实。

"所以，我觉得咱们可以先推一个单曲，大家都相互感觉一下，加深一下了解。"彭总被喷晕了，笑言道。

"没问题彭总，您说了算。"赵扬道。

"所以，我想我们先讨论一下具体的运作手段吧，还有歌曲的定位、前期资金的投入以及版税和利润分配比例。"彭总有一个毛病，就是一张嘴就先来一个"所以"，从来没"因为"，只有"所以"。

"您说得太对了彭总，您不愧是专业人士，说的问题都这么在点儿上！不过您放心，我们哥儿俩在这个圈儿没别的，就是口碑好！就是敬业！钱不钱这都是小事儿，主要是怎么把这事儿给做成了，做漂亮了。"我满脸堆笑。

"对对对,彭总您放一百个心,把心搁兜儿里都成,我们俩办事儿,不说歌儿肯定能火,但事儿肯定办得漂亮!"赵扬道。

"赵扬跟您逗呢,您踏踏实实的,事儿肯定给您办成了,歌儿也肯定能火。"我偷偷用脚踢了一下赵扬。

"嗯,所以,我很看好你们,年轻有为嘛!先做一首单曲,如果市场反响不错的话,整张专辑都交给你们。"彭总也微笑道。

"彭总您谬赞了。对了,我们在开始做之前是不是先见一下艺人,跟艺人也沟通一下?"我笑道。

"嗯,小孙说得很对。所以,我们在这几天先约个时间让你们碰一下,你们作为她第出道一首单曲的制作人和词曲作者,沟通很重要。"

"没问题啊,您定好时间我们分分钟就杀到,咱们是走偶像派还是走实力派,是玩儿文艺还是玩儿大俗歌儿,都您一句话的事儿,我们全擅长。"

"其实我个人比较偏向让她文艺、个性化一点的。"彭总被我们拍马屁拍得很美,笑道,"这个孩子各方面条件都很好,很多业内的人士见她第一面儿就觉得她肯定能火,就是性格太强。而我这个人又比较开明,又受她父母之托,不想束缚她的性格。事实上我认为性格是一个艺人最大的魅力,它就应该是与众不同的,艺人艺人,异于常人,我们不应去强掰,而是应该顺水推舟。"

"没问题啊,我们最擅长的就是文艺歌曲!"我赶忙说。

"对对对，您放心，您说做什么我们就擅长什么。"赵扬接道。

我在桌下又踢了赵扬一脚说："彭总，咱们这艺人叫什么啊？"

"噢，刘柠，柠檬的柠。"彭总答道。

"不知道什么德行，估计又是一个美韵，弄不好也和这老彭有一腿。"我在心中念叨，真挚地望着彭总。

合同上的细节很多，但我们哥儿俩只关注如何"分赃"。签完单曲约后，我们狗颠屁股儿般走出公司，赵扬极亢奋，简直可以说是狂喜。我口干舌躁，也异常空虚。在刚刚的翻唇飞沫之际，我真的有几个瞬间忘记了唐婉。可此时此刻，稍微定下神来，她的样子就又出现在眼前。

赵扬没有察觉到我的异样，他兴奋地跟我聊着。在他口中过几天见完艺人，接踵而来的将是选歌儿、拍钱，接着就是推单曲，然后是出专辑。顺理成章的专辑大卖之后我和赵扬将成为知名制作人，名利双收。接着是更多的专辑，然后是我们俩起公司，做更多的艺人更多的专辑。我敷衍着，他又开始猜测即将见面的那个女艺人的样子。他希望是一个奶大臀肥腰细得像笔杆儿一样的大蜜，赵扬甚至都为她构思好了几首舞曲风格的歌儿，以便让那个叫刘柠檬的姐们儿在台上演出的时候能够扭起来将自己甩得波涛汹涌。说着说着他在电梯里手舞足蹈，仿佛此刻被那个大蜜艺人灵魂附体。晃了几下，赵扬说再结账他就要换一对儿新的监听音箱。

正没耍处,大钱儿打来电话说郝哥联系他了,说郝哥也听了那首铺天盖地的《除了我你还爱谁》,约我们今晚到 Coco Watermelon V1,不见不散。我挂了电话,把情况告诉赵扬。

"牛!咱们是不是火了!"赵扬丧心病狂地笑了。

正如好色者看到裸体女子却没有勃起一样,我为自己对事业突飞猛进一点儿都兴奋不起来感到震惊。

十三

表白被拒

　　那晚在工体东门儿的夜店包厢里,我们除了干了六个小时的杯以及看包厢内各种浓妆艳抹的整容女出各种洋相之外没有任何收获。出了夜店门,我和赵扬、大钱儿三人在东方鱼肚白的初晨中吐了数斤污秽后,我跟大钱儿急了,我说下回要不是签合同我绝对不来,再这么喝哪天喝急了我真把郝博打了。不光他,以后谁跟我提"干杯"这俩字儿我就抽谁,有一个算一个。大钱儿眼歪口斜撇着嘴说一切尽在掌握,这几天就约起来签合同,接着他又问我那四百什么时候给他,我说什么时候签合同什么时候给。

　　到家后我不省人事,快傍晚时才从床上醒来,头几乎裂成两瓣儿,周遭的空气又热又闷,仿佛是睡在塞伦盖蒂大草原上的某个帐篷里。我翻了个身,刷了会儿朋友圈,各种有关美韵及单曲《除了我你还爱谁》的吹捧文章正在朋友圈中如病毒般扩散,我对大众独立审美能力之低无比惊讶。而很多平常不回我微信不搭理我留言的,竟也纷纷开始主动给我点赞给我留言了,我不禁感慨世情冷暖,怪不得人人都想火。

我爬起来,晃荡着走进厕所放水。我把脸扎进水池一番囫囵洗刷,认真地对着镜子给头发分缝儿,刮胡子打扮。

是的,我约了唐婉。

我要表白。

下午四点,唐婉晚到了几分钟,就在我坐在相约的酒吧里犹豫要不要抽支烟的时候,她背着吉他走进门。外面应该很热,我能看到她额际的汗珠在闪烁。她张望了一下,一见到我就如那个":)"表情般笑了。我也报以微笑,但我很快觉得不妙。

深谙察言观色技巧的我发现,她看上去似乎心情有些不好。

唐婉坐下时取出吉他的样子很不自然,脸上的细微表情让我立即感觉到了她那仔细隐藏着的不悦,这让我对表白计划有些犹豫,干笑着接过吉他按了几个和弦,唱起了 *Vincent*。

在之后故作认真的教琴时间中,我发现唐婉的吉他演奏水平毫无长进,那些简单的和弦她还是弹不了。我颇失望,因为我知道她根本就没练。看着琴颈上她笨拙的手指,我觉得自己和那些和弦一样不受她重视。

我提议休息一会儿，唐婉将琴放在一边。

"最近唐老师怎么样？忙什么呢？"我问。

"老样子吧，休暑假了。"

"考得怎么样？"

"还成，都过了倒是。"

"我最近倒是有点儿困惑。"

"你怎么了？"

"噢，也没什么……"我听到自己的心在怦怦乱跳，赶忙拿起吉他放在腿上，拨拢出几个和弦。

"是有什么不开心的事儿吗？"

"你等会儿啊，我弹完这段儿告诉你。"我低头弹了几个音，力度颇大。在手指停留在指板上时我偷偷用余光扫了眼唐婉，她正用手撩起额前的发丝。

"怎么了？"唐婉笑了，我趁着笑容停止拨弄腿上的吉他。

"我觉得我爱上你了。"我脱口而出，样子很轻松，吊儿郎当的，就跟特无所谓似的，"要不咱俩谈恋爱得了？"

霎时万籁俱寂，腿上的吉他也一言不发。见此状，我赶紧又说道："其实我也不知道是怎么回事儿，我就是觉得没人的时候儿老想着你，见着了你以后，就特想做点儿什么事儿打动你。"

唐婉仍然没有说话，但目光却瞟向别处。我的右手很紧张地扣着琴弦，惶恐地望着唐婉，正待再说些什么，唐婉转过头说道：

"咱们还是当好朋友吧？"她像":)"表情般笑着。

"没说不当好朋友啊,这跟咱俩谈恋爱不冲突吧?"我笑容僵在脸上。

唐婉转头不语。

"唐老师,你就这么讨厌我吗?"

"不是,我不是讨厌你,我觉得你是特别好的人,真的。但我觉得我现在上学,成天忙来忙去的……"

"没事儿啊,我可以等啊。你现在大三,还有一年,然后我再算上你读研究生的三年,不就四年吗?我可以等你啊,再久我也能等!哪怕是一辈子,我也能等啊!"

"我不是这个意思,你不用等我。"

"我知道我挺招人讨厌的。"我有些灰心,"是不是你特烦我啊?"

"没有,我挺喜欢跟你在一块儿待着的,弹吉他,聊音乐……"

"那不结了吗?"我像看到了曙光,"既然喜欢跟我在一块儿待着……"

"不是的,我说的那种喜欢是好朋友的那种喜欢,不是那种喜欢……"

"但我却特别肯定地知道我对唐老师是那种喜欢,不是那种喜欢。"

"咱们就别在字面上拉扯了。"唐婉说,"其实我觉得,你并不了解我。咱们也没有见过几面,真的,我觉得,你爱的并不是我,你只是爱上了你的幻觉,而我的样子只是你爱的那个幻觉的载体。"

"怎么就幻觉了?!是,咱俩是没见过太多回,但咱俩有缘分啊！你看，打你在二一四的时候儿我就认识你，咱俩还是同年同月同日生，这可都不是幻觉啊！说是奇缘也不为过。"

"不是的，你真的不了解我，有一天你会发现我根本不是你想象的样子，我会让你失望的。"唐婉眉间一抹乌云。

"我觉得这都不是问题，真的。"

又安静了，唐婉的嘴唇翕动着，吹气吐兰。看着她的嘴唇，我知道她将要说什么。

"我们还是做好朋友吧。"唐婉说。

我没说话笑了一下，是那种比苦瓜还苦一万倍的苦笑。

夺门而出是我的第一冲动，但又觉得要是被拒了就丧着脸抬屁股就走，未免有失我华语界知名音乐人的风度。于是我又虚情假意地和她聊了一会儿，忍着灰心丧气和不耐烦谈了谈摇滚乐和艺术，唐婉也礼貌地应付着。我们互相提了几个乐队名儿和摇滚歌手的名儿，我和她说了说最近正火的《除了我你还爱谁》，并说那是我随便一抬屁股就拉出来的。后来我似乎还讲了几个笑话，但她也没笑，或者说是那种特客气的假笑。待了一会儿，我们就散了。我问唐婉要不要一起吃晚饭，唐婉说已经有约了。离开时气氛友好，唐婉非要买单，但我抢先给付了。之后我们像好朋友一样一起走出酒吧，挥手道别后各自离去。

我走向汽车，没走几步，就又回过头望向唐婉。她似乎也刚转过身去，背上的吉他挡住了她的身影。天已经有些暗了，远景是一抹夕阳，那无限好的红色将唐婉的身姿轮廓镶上了漂亮的光边儿。我有些悸动，掏出手机朝那个背影拍了张照。"咔嚓"一声后，一个小小的、带着光边儿的背影就凝固在手机屏幕中。我收起手机，有些故作姿态地蹾在那儿，盼望着唐婉回一次头，好跟她来一个深情对视，但很遗憾，什么都没发生。

十四

荒诞的开始

　　一脚油门下去,我扶着方向盘点了根烟。车窗外是西二环的霓虹缤纷,可我眼中却满是断壁颓垣。老桑塔那晃荡在主路上,漫无目的没有方向。窗外的北京像一个码头,二环路的街灯如波涛似渔火。我摇下车窗,一片又一片霓虹闪过,我掏出手机打给英子,约她碰面聊聊。

　　我把车胡乱停在永定门桥东北的辅路上,夏日虽然天长,但下车出来已隐约可见星光。
　　我在下台阶往护城河边走去时看到了英子,她叼着根儿烟倚着栏杆立在河边,回头瞟到我后向我摆了摆手。我走过去,英子坏笑着递过一支烟。我什么都没说,过去倚着栏杆,接过烟叼在嘴里,掏出打火机将烟点燃。
　　"踏实了,让人撅了。"我吐了口烟。

"让谁撅了？"

"还能有谁？"

"唐婉啊？"

"嗯。"

"你跟唐婉表白啦？牛啊！"英子兴奋地看着我。

"对，表白了，让人撅了。"

"是刚才吗？说说，你怎么表白的啊？"英子笑得让我不爽。

"我就说爱上她了，想跟她谈恋爱呗。"我狠吸一口烟。

"然后呢？"

"然后人说就当好朋友呗，人说觉得我人不错，但没那方面的感觉。"我盯着眼前的南护城河，说话的时候没看英子。

"那也还成啊，人不是说先当好朋友了吗？就先好朋友着，然后看机会再下手呗。"

我"嗯"了一声儿，将烟头儿放在拇指和中指间，使劲一弹，目送着它伴随火星儿与烟灰飞坠向南护城河。

之后我和英子又聊了一会儿，说的全是爱情与梦想、生命的意义与宇宙万物等一系列屁用没有的东西。我一直想把话题绕到唐婉身上，可又不知从何说起。英子似乎一点儿都感受不到我的痛苦，只是没完没了地和我扯闲篇儿。最后我烦了要撤，英子也没挽留。

顺着台阶走上二环辅路的时候，我又不死心地跟英子提了一下，让她看机会合适的时候再帮我说点儿好话。英子立即言之凿凿地说道，这么多年的哥们儿，必须得帮我把唐婉拿下。

刚钻进车里手机就响了，我以为是英子忘了什么事情，拿起一看，赫然竟是唐婉。这两个汉字映入眼帘的瞬间我思绪霎时混乱，刚刚建立起的理智与冷静荡然无存。

"外，唐老师。"

"孙老师。"唐婉那边有些嘈杂。

"怎么了？"

"你忙着呢吗？"

"没有没有，唐老师你说，什么事儿？"

"你在哪儿？"

"永定门呢。"

"我去找你坐会儿吧。"唐婉说。

"啊？没事儿没事儿，你在哪儿？我过去找你。"

"愚公移山。"

"愚公移山"是家位于张自忠路的 Live House，我狐疑着飞驰至愚公移山时，那里人潮汹涌，显然有场乐队演出刚结束，打不到车的人三三两两立于路侧，眼歪口斜地翘首企盼。我一眼就看到了人群中眉眼倾城的唐婉，她仍然是下午时的那身衣服。我把车并过去，一些认出我的熟人不怀好意地喊着孙勃洗车了，下雨收衣服啊等等，一系列起哄。我冲他们笑骂，可当唐婉在眼中清晰起来后，我的笑容却僵在了脸上。我发现她的眼圈儿上似有什么痕迹，虽然她一见到我就又像那个"：）"表情一样笑起来，但那笑容却更突兀，令那隐隐的似有还无的伤感欲盖弥彰。

"看演出来啦？"唐婉上车后我问道。

"是啊。"唐婉应道。

我想问问她怎么了出什么事了，又思量太过唐突，而表白被拒后的尴尬也令我有些语迟，这反倒衬得唐婉相比平日话多了些。车子缓缓前行，街道空旷，行人稀少。我没有开空调，车窗摇下后热风扑面令人作呕。我问唐婉热不热，唐婉轻轻摇头。我们聊了聊中国的摇滚演出和外国的一些乐队，她在竭力表现出精神，而我，则努力让自己相信我感觉到她在遮掩心事强颜欢笑是杞人忧天。

"咱们上哪儿？消个夜还是？"我问。

"我都可以。"唐婉说。

"那去我那儿坐坐吧？"

"好吧。"

进屋后我打开电脑想放些音乐给唐婉听，电脑启动时我无意间瞥向唐婉，那一眼竟令我不安了起来。她整个人都变得陌生，以至于令我觉得这子立面前的美人儿不是唐婉，至少不是在北工大校门前那个纯洁到能令人重返二十世纪八十年代的女孩儿。她在寻找或说故作出一种姿态，一种风尘感，一种无所谓。我心虚地回身在电脑目录里找歌儿，余光看到她茕茕地坐下，直到音乐响起，我仍不知道该不该回身。

在拥着唐婉倒到床上后，因为觉得不可思议，所以我把灯关掉了。黑暗如泼墨，只能用手感受她的肌肤与衣饰。视野朦胧，唐婉的裸体却如此闪耀，以至于竟让我这个十五岁就告别童贞的老手心脏几乎从喉咙里跳了出来。

我知道女孩儿第一次会害羞和紧张，但过程中我还是换了许多姿势。出于男性某方面的虚荣心，我试图表现得很有经验。而唐婉，就那么一声不吭地躺在那里任我摆布。我觉得她不是第一次，这是我一直心存疑虑的。不要说见红了，她连最基本的疼痛感都没有流露，事实上，她从头到尾什么声音都没发出，什么反应都没有。不光快感和疼痛，她似乎连灵魂和触觉都没有。

事毕后我倒在她身上，在她的粉颈上喘息，任她的发丝缠绕住我的鼻翼。 就这么静了数秒，我撑起身子把套儿扔到垃圾筒里。床边的黑暗中依稀有一对眸子，望过去却如同两潭幽幽的湖水。我调整着呼吸，肉体上的欢愉时隐时现，精神上却全无快感。

老实说，在欲望的沟壑被填平后，思绪和疑问正伴以绝不同于常规情况射精后的空虚与倦怠一同骇人地袭来。我充满负罪感地望了这优美的胴体一会儿，轻轻地躺过去抱住她。唐婉推开我，一语不发。

"唐老师，我爱你。"我再次搂住她，"其实我一直没告诉过你，打我在二一四第一眼看见你的时候儿，我就被你迷住了。"

唐婉不语。

"从那时起,我就爱上你了。说实话,我觉得咱俩真是挺有缘分的,我以为高中毕业以后就见不着你了呢,没想到咱俩还能再碰上。"我说。

"你爱的不是我,是你想象出来的我。"良久,唐婉幽幽道。

"唐老师,咱俩都这样儿了,还说这话干吗啊?我特别不爱听你这套话,这都是从哪儿听来的啊?我爱不爱你,我能不知道吗?非让我把我这心掏出来让你瞧瞧?"

"你也许是在爱,但我说了,你爱的并不是我,你爱上的是想象出来的我。"

"你真爱抬扛。"我笑了一下,想让气氛轻松。

唐婉没有接话。

"我觉得你有点儿不对劲,刚才咱们见面前是不是出什么事儿了?是不是在愚公移山里有什么……"

"什么都没有。"唐婉推开我的胳膊转过身去,光洁的后背在暗室中一片晶莹。

"唐老师,我知道你现在对我没意思,其实现在我和你躺在这儿我也觉得挺不可思议的。我不知道你为什么这么做,但我并不是就想和你睡觉瞎玩儿。我对你是真心的,咱俩谈恋爱吧?谈个一两年,就结婚。"

"还有这个必要吗?"

"不是,咱都这样儿了,要再不有情人终成眷属一下,多不合适啊。真的唐老师，我是真挺爱你的。"

"爱？所谓的爱最终不就是要干这事儿吗？干完后还爱吗？"唐婉背对着我说。

"唐老师，我不知道你为什么这么说，我不知道你之前遇到了什么样儿的混蛋，但我不是这样儿的。"我的语气极悲痛，"我是真心的，而且现在这种感觉仍在加剧，我自己能感觉得到，真的。"

"那是你的幻觉。"

像被抽了个嘴巴，唐婉的话呛得我哑口无言，满心苦涩。我想抱住她说"我爱你"，却气得背过了身去。在黑暗中呕了会儿气，我听到身后窸窸窣窣的，回身见她正起身穿衣服，赤裸的背影极其婀娜。我打开台灯，看着她冷漠地整理自己。

"这么晚了还非得走吗？"我问道。唐婉不答。

判若两人！她的冷漠令我惶恐，她的固执令我不安，而这一天来的情景，也荒诞不经乱成一团。就像电影中被人误解的正面角色，我只觉满腔良苦用心却百口难辩，只能希望此时立即发生些可以让我为唐婉赴汤蹈火挫骨扬灰的事儿，以此来证明我所说的爱情并非虚妄。

唐婉很快就收拾停当，我也起身穿上衣服，要求送唐婉回家。她执意要自己打车走，我试图说服她，但见她沉着脸便没再多言。在送她出小区的路上，唐婉心事重重地沉默不语，夏夜的风中，我像个不知道自己犯了什么错儿的孩子，垂头丧气一言不发地跟着她。视野中她的身影桀骜而孤单，在墨色天空和钢筋水泥的衬托下散发出一种诡异的美，而我，就像个梦游者般荒诞。

  在小区门口，她招手拦了一辆出租，如"：）"般冲我一笑，说了声"再见"后钻进汽车。我呆在原地，痴呆般挥着手叮嘱她到家发个微信，看她在夜色中绝尘而去。

十五

和朋友买醉

浑浑噩噩地到家后等了良久,意料之中地没收到任何微信和电话。在凌晨三点左右实在忍不住,我发了个微信给唐婉问她到家没有,结果微信弹出几个红字,我才发现自己居然已经被她删除好友了。这种意外带来了一种极痛苦的感觉,就像毫无防备地被人捅了一刀。我立即打电话过去,但无人接听。这让我脑子里的各种假设蔓延开来,焦虑更是令我想到了所有唐婉归途中可能发生的天灾人祸。我开始后悔和唐婉行了云雨之事,因为我确定这次身体的结合已让我和唐婉的精神分离得更远,关系不进反退。脑海中无数声音将我各种臭骂,全天下最龌龊的色狼舍我其谁哉。

我滚在床上不停地刷朋友圈儿,可再也看不到任何跟唐婉有关系的东西。我一次次地点开唐婉的微信头像,看那张逆光的侧脸。在这个过程中,胡思乱想随着唐婉肌肤残留的触感在我的脑海里徜徉成一片,辗转反侧中那无力感让我觉得自己像个坠入骗局的傻子,四周全是陷阱套儿，我却乐不思蜀。近早晨七时，我终于艰难地昏昏睡去，醒来已是下午。我睡得极糟糕，身上虚浮无力。

在床上几多翻滚后，我掏出手机，除了赵扬的未接电话，没有见到和唐婉有关系的任何消息。我伸了个痛苦的懒腰，给唐婉打去电话，仍然没人接。

"唐老师，醒了吗？睡得怎么样？昨天几点到的家？有些担心你，看到后请给我回电话，孙勃。"我给唐婉发去短信，接着又给英子发微信，让她打电话问问唐婉在干吗、心情怎么样，别说我让她问的。过了会儿，英子回微信说唐婉在吃饭，听声音心情还行。

很显然，我痛苦而又迷茫。唐婉怎么了？她这是要绝交？我做错什么了？和她上床？好吧，我不知道答案，也不能肯定她是否试图像那些声色犬马的人般一夜情后不再联系，但我肯定她不爱我。

起床洗漱后，我打给赵扬。赵扬抱怨我不回他电话，说他现在和大钱儿在一起，要不要出来坐坐。我并不答话，拿着手机呆了好一会儿，才对赵扬说：

"我爱上了一姑娘。"

车停在鼓楼东大街的一个新疆饭馆前，下车后我朝赵扬和大钱儿那张摆满冷炙的路边小桌走去。

"勃子，你是洗车了吗？"大钱儿笑着冲我喊道，"我今天没带伞！"

"不用怕，前几天洗的，今天下不了。"我坐下。

"你跟我说说,怎么回事儿啊这是?"赵扬递上一根儿烟,给我倒上了一杯酒。

"就是啊,听说你要为一根儿豆芽儿菜放弃整盆水煮鱼了?"大钱儿道。

"没有,就是哥们儿爱上一姑娘,人不待见我,而且……"我想到昨夜的床笫之事,"总之就是傻了呗。"我拿起酒杯一扬脖儿周了个干净,接过烟点上。

"谁啊,是艺人吗?"大钱儿道。

"没谁,就一学生。"烟雾被我吐到空气中,又弥散开来。

"是特尖儿吗?"赵扬问。

"还行。"我说。

"钱花得不多吧?"大钱儿喝了口酒,"我告儿你,什么爱情,她不爱你那就是钱没花到位,花到位了就爱你了!"大钱儿道。

"不是怎么回事儿。"我说。

"勃子,你开一劳斯莱斯往他们学校门口儿一停,你看她上不上车。"大钱儿道。

"你懂个屁。"我的脸更沉了,"我这是爱情,跟钱有个屁关系!"

"你还别不爱听。爱情?没钱什么都没戏!"大钱儿道。

"根本就不是钱的事儿,我是没钱,但人家不是因为这个才拒我的,特纯洁一小姑娘儿。"

"你说你呀,怎么还不明白啊?你说你现在爱人家,是吧?就算人家也爱你了,人家没拒你同意跟你在一块儿了。但你没钱,你能让人家过上好日子吗？你要不能让人家幸福，你瞎爱人家什么啊？你这不是坑人吗？"大钱儿道。

我无言以对，竟觉得他说的很有道理。我能给唐婉什么？我写的水歌儿？我的破车？还是我的爱情？

"没钱，就没爱情。你有了钱，你就有爱情了。"大钱儿总结道。

我默然。

"嗐，你习惯就好了，我觉得你就是之前没在这方面吃过亏。你看哥们儿我，都让人撅过多少次了，现在我已经习惯了。对了，前两天我追一广院的女孩儿，刚让人给撅了。"赵扬安慰道。

"不是一回事儿。"我说，"你是逮谁追谁，我这是真爱，就认准她一人儿了。"

"谁都有这么一回，我知道现在跟你说什么都没用了，过了这热乎劲儿就好了。"大钱儿道，"时间能解决一切。"

我沉脸不语。

"写歌儿吧，这时候正是灵感迸发的时候。"赵扬安慰我道，"咱们明天就见那艺人了，到时候就该开始给她做歌儿了。"

"你们这艺人尖儿吗？"大钱儿问道。

"不知道，没见过呢。"赵扬道。

"勃子，弄不好你一见这艺人，就又爱上她了呢。"大钱儿道。

"那就好了！"我不悦道。

"哎，哪天把你这真爱约出来，让我们过过眼，帮你把把关。"大钱儿道。

"姐们儿已经把我拉黑了,要和我绝交。"我说。

"我特想知道这是一什么样儿的天仙啊,能把你迷成这样儿?"赵扬很不解。

"你甭管了,喝吧!"

我烦了,举起酒瓶子直接扬脖儿对着瓶子口儿就吹,大钱儿和赵扬拿着杯子看着我,神情尴尬。

就这么一瓶吹完又吹一瓶,依稀记得后来喝得晕晕乎乎的时候,大钱儿一个劲儿地在那儿跟我说钱的重要性,还问我什么时候还那四百。见我不答,就又说什么没钱如何如何没戏,要梦想没有,要爱情更是扯淡等一系列话。

我听烦了,一抬屁股把吃饭的桌子掀了。大钱厌了,刚要拔腿溜走,店家以为打架,过来赔笑张罗着要给我们打折让我们结账,大钱儿才又牛烘烘地坐下。撤的时候赵扬还算清醒,一直劝我早点儿回去睡觉,明天还要见艺人,地点是刘甲的棚别迟到。我一言不发,只觉得酒精作用后周遭的事物越来越模糊,但唐婉的样子却越来越清晰。

我掏出手机给唐婉打电话,打了三个都没接,这令我愈加烦躁起来。

"唐老师,怎么样了?我很担心你,希望昨天的事情不会令你讨厌我。但我说的那些话都是认真的,我是真的想和你在一起,认真的,希望你考虑一下。不管你之前有什么,遇到了什么人,我都爱你。很担心你,希望你收到后回复我。"我给唐婉发去短信。

最终,我怎么开车回的家我自己都不知道。我只记得自己边开车边骂街边想唐婉边难受,幸运的是我没碰上半夜查酒驾的警察,要不我肯定得把他给打了。

十六

初见刘柠

正在天旋地转之际,电话响了。我头痛欲裂,在床上翻了个身摸到电话。

"外,勃子,你什么时候儿到啊?"赵扬的声音,"我们这儿人全到了,就等你一人儿呢。"

脑子里慢吞吞地开始磨合齿轮,坏了,昨天晚上赵扬说过今天要去见彭总那个艺人。

"噢,马上就到了。"我赶忙道,"在路上呢,马上马上。"我清了清喉咙,生怕他听出我刚醒。

"你在路上呢?"赵扬似乎很诧异。

"是啊,我都到了,都开进小区了,停车呢正在,你看见我了吗?我正朝你招手呢。"我一边信口胡诌,一边令模糊的视线聚焦。

"你大爷孙勃儿,我打的是你们家座机!"赵扬给气乐了。

"嘻,我跟你逗呢,我这就出门儿了,马上就到!"我也乐了,赶紧把话往回找。

"赶紧赶紧!"

我把听筒扔回原处,爬起床。室内空气混杂着夏日的闷热臭不可闻,床边和床单上各种秽物,显然我昨天回家后曾经在这里非常壮观地吐了个踏实。地上的腰子炒片儿肉筋等食物清晰可辨,从人体消化角度来说可谓奇观。我踏过呕吐物冲向洗手间,脚下一软,肩撞在了墙上。这一次撞击把唐婉的笑容和那次交媾的美妙感觉撞了出来,登时遍体疼痛,心脏尤其突出。

我踏着地下室台阶走向刘甲的录音棚时觉得马上就会歇菜,烈日和宿醉令我的脑袋昏沉难当,直到一推门儿看到那个妞儿我才清醒过来。我非常肯定老彭口中那个肯定能火的艺人,就是这个穿着T恤和牛仔裤、抱着屈起的双腿踏着帆布鞋踩在沙发上的女孩儿。

刘柠。

恍惚中视线一扫,留下的印象就是好看。这一张素颜的脸不知道比美韵那张抹得没人样儿的大脸好看多少万倍,甚至可以说,她的美与唐婉的美不相伯仲。那是从美学角度上很难界定的一种截然不同,想来,大概是类似沉鱼落雁与闭月羞花的区别。

小丫头对我的出现熟视无睹,我站在那儿有些尴尬地环视一周,屋里只有我们二人,没见着盛世阶梯公司的人。透过玻璃窗可以看到赵扬在里面的那台苹果电脑前倒波形,刘甲在他边儿上帮忙。我摆出制作人的成熟稳重,拿腔作势地在沙发上坐下。

纯粹是出于无聊和新鲜，我偷眼端详起刘柠来。除了美女常见的精致五官，她还有在演艺圈儿中罕见的清泉般的眼眸。二十上下的年纪，身高看上去有一六七、一六八左右，曲线婀娜，腿瘦腰细，难能可贵的是居然还不是平胸。

正为自己的庸俗感到愤慨，刘柠刚好抬起头，她冷冷的目光和我的视线像擦火柴般短暂相接后分开。这冰寒的眼神令我怫然不悦，我大小艺人见得多了，你算哪根葱？往严重了说，这简直就是对我在业内地位的质疑。我掏出根烟站起身，决定大人不记小人过地说些什么。

"你是刘柠吧。"我说。

刘柠没想到我会开口说话，回过头对我说：

"对。"

"我是孙勃，负责这回咱们这唱片的制作部分，之前听你们公司的彭总提起过你。"我语重心长。

"嗯。"

"你是柠檬的柠？"

"对。"

没话了，乏味了几秒，刘柠从边上的一件薄帽衫里掏出了iPhone，戴上耳机听起了音乐。合乎情理地，我认为自己遭受到了羞辱。

正气不打一处来，赵扬和刘甲从里屋出来了。赵扬抱怨我不靠谱儿，但又好声好气地说知道我最近特殊情况可以理解，说彭总等半天都走了,留下一个企宣配合咱们,现在去给叫餐了。我编了些创作一夜的瞎话,然后问今天是怎么个进程。赵扬说先录几个DEMO,听听声线挑挑歌。正说着,他看到刘柠在一边自顾自地听着音乐,就走过去招呼。

"我给你介绍一下,这就是咱们这次要制作的艺人,刘柠。"赵扬道,"这位是我国知名新生代制作人孙勃,我们刚刚合作了火遍全国的《除了我你还爱谁》。"

"你好你好。"我挤出微笑。

刘柠面如冰霜地拿下耳机起身,我们俩虚伪地握了个手,指尖轻点后各自扭过头去,谁都没再理谁。刘柠的手指极冰冷,和她的气场一样。我一屁股坐到沙发上,心中愤慨为什么最近谁都对我这么牛气这么嚣张,除了唐婉,你们谁都没资格对我拿糖作醋。想到此节,我暗暗决定在这张专辑的录制中必须得给这丫头一点儿苦头吃。

十七

打架风波

　　盛世阶梯的企宣带回了一些巨难吃性价比巨低的盒饭，她是个五官凑在一起很喜性的小胖丫头，岁数不大，让我们叫她 QQ。一番寒暄后，我和赵扬刘甲这样吃苦耐劳的音乐工作者饥不择食，扑到盒饭前风卷残云。刘柠的饭和我们的一不样，看着更精致。但她拿起筷子动了两口素菜，就将饭放到了一边，又听起了她的 iPhone。我觉得她特别装，估计从小娇养惯了，被子底下有几个豌豆都能睡出来。与之形成鲜明对比的是 QQ 同志的大块朵颐和倍儿会来事儿，一会儿劝这个吃一会儿劝那个喝，殷勤不已。

　　录音开始后，刘柠一张嘴就把我给震了。因为猝不及防，所以歌声一入耳就立即传达给大脑两个字，"好听"。事实上，她清澈美妙的歌喉令我陷入了一种极不情愿的状态，我不得不对自己反感的人心生佩服，就仿佛承认她拥有优点对我来说是一种侮辱。

　　"牛啊！"赵扬盯着玻璃窗那边戴着监听耳机的刘柠道。

"唱得不错。"刘甲假装淡定。

"按说照咱们的经验，唱得好的长得残，长得好的应该都唱得残啊。"赵扬奇道。

"说得是啊，美韵那种长得残唱得也残的是极少数，不过这小姑娘唱得真不错……"刘甲重复他的观点。

"是还成哈。"我端详着光彩夺目的刘柠，满腹狐疑，"你们这艺人是富二代还是官二代啊？来头不一般吧？"我回头问QQ。

"都不是都不是，就是普通家庭的啦。"QQ道。

歌曲继续放着，我们几人都待在原地没再说话，只有刘柠的歌声如情人的双手般轻抚耳膜。QQ凑过来神色凝重地说："真好听，我这辈子最喜欢听两个人唱歌，一个是王菲，一个就是她。"

我心说你懂个屁，面带微笑地道："嗯，真不错！我觉得你回去可以让彭总放一百个心，刘柠肯定能火！能给你们公司挣大钱！"

因为优质音准和节拍所带来的舒适感，时间在旋律中舒适地流逝着。刘柠出来休息，赵扬对其一通狂夸，我看着他们什么都没说，虽然烦这丫头，但凭我卓越的洞察力知道她能火——不光是因为她唱得好长得好，市面上长得漂亮唱得好的多了去了，可不是说就都能火的。明星需要一种东西，一种质感，一股劲儿。我能感觉到那种劲儿在刘柠的冷脸下涌动。

录了足够多的小样儿之后，刘柠走出里屋，坐在我旁边的沙发上休息。我仍然没理她,QQ 给刘柠递上一杯水,赵扬刘甲趁机和刘柠聊起了音乐,兴奋热情溢于言表。刘柠还是有一没二地搭理着,他们几人这种你一言我一语的聊天听上去非常奇怪,要不是小企宣 QQ 有眼力劲儿,一看刘柠不理人就赶紧帮着接茬儿,气氛早就干了。赵扬也没眼力劲儿,居然还说要加个微信方便联络,刘柠一句"我不玩儿微信"直接给他撅那儿了,我冷笑不语。

  刘柠的口音听上去是标准的普通话,我听了半天也没听出是哪儿的人。她说她是天蝎座的,我觉得很像。当说到音乐时,她说她最喜欢的乐队是 Radiohead,我觉得也是她应该喜欢的音乐,于是来了一句:"我觉得 Radiohead 旋律不够主流,太小众。"刘柠看都没看我,回了一句:"Radiohead 本来就不是那种会让大俗人很喜欢的乐队。"

  我一股火腾一下就上来了,刚要撅她几句,可一想万一她摔门走了这活儿就黄了,为了四十万,忍了。

  QQ 作为公司代表很满意这一天的流程和成果,在打电话给彭总汇报之后,提议去吃宵夜并称由公司报销。我们这些穷困的音乐工作者像热爱妇女一样热爱吃白食,不禁连声叫好。刘柠说她先回去了,但在 QQ 和赵扬刘甲殷勤的邀请下,最后还是同意去了。

  在双井桥往东的一个胡同儿里有个露天烧烤,是刘甲推荐的地方。位置颇偏,整条路只能容一辆汽车行驶,不知道刘甲是怎么发现的。他这人苦出身,不知道逮着吃公款得去好地儿这种真理,居然带我们这么大的腕儿吃路边摊，还非说是全北京最好吃的。无奈，我们几人坐在马路牙子上点了吃喝，聊起了人生和艺术。主聊和主吃是赵扬刘甲，尤以赵扬为甚，赵扬今天格外亢奋，一边狂吃海塞一边讲着他的各种失恋往事。QQ这么能来事儿的一人都听得忘了动筷子，托着下巴一脸崇拜地盯着赵扬。我和刘柠都没怎么吃。想起唐婉我就食欲全无，只是一瓶瓶地喝着啤酒，无聊地刷着朋友圈儿，给业务上的朋友点赞留言夸他们。刘柠仍然把双腿抱起，踩着自己的椅子看着远处发呆。

推杯换盏的间隙，我给英子发微信让她和唐婉聊聊，问问这几天怎么样，别说我问的。英子回信说人家挺好的，下午刚通过电话，接着她又追了一条微信，不耐烦地说让我先歇一阵儿，别成天没完没了，这样儿搁谁谁都得烦。

我看了微信又是一阵火起，一种有劲儿没地儿使的恶气下走丹田上顶百会。

正在自酌，一只小花猫轻轻地从阴暗的角落里走出来，像个旁若无人的孩子般躺在了几桌食客之间的地上。我见它可爱，便用一个烤串儿签子扎起一块儿桌上的肥肉，拿到它眼前晃了晃。它懒懒地看了一眼，轻踮几步走过来，趴在那里将肉吞了下去。我用手摸了摸它的脑袋，它理都没理，自顾自地嚼着。

我抬起头，赫然发现刘柠正坐在那里托着腮帮子看过来。她嘴角竟然也有些笑意，简直是活见鬼。

"你喜欢猫吗？"刘柠问我，这是今天她第一次主动跟别人说话。

如果你告诉我这是她人生中第一次和别人主动说话，我也不会意外。

"挺喜欢的，打小儿就喜欢。"我没好气。

"我也特喜欢猫，我有一只暹罗。"刘柠道。

"是吗？那敢情好啊。"

"那你现在有在养吗？"

"现在啊……还真没有在养。"我答道，"我从小到大养了无数只猫，但都丢了。"

"为什么呢？"

"小时候儿住胡同儿大杂院儿，养着养着就自己跑没了，也是活不见猫死不见尸。"

"嗯，放心吧，它们不会死掉的。猫都有九条命，不会死掉的。而且猫都比较酷，喜欢自己待着。"刘柠道。

"对，猫要不就是丧眉耷眼要不就是直眉瞪眼，除了耗子别的都不上心。"

"是吗？我觉得我家的'卷卷'肯定不会捉老鼠，它都不知道老鼠是什么呢。"刘柠笑道。

"'卷卷'是你家猫的名字？"

"是啊。"

"我养过的猫里就一只会抓老鼠，我管它叫'猫喵'。"

"猫喵？怎么会有这么奇怪的名字？"刘柠又一笑。

"是啊，我给起的，就是那种普通小花猫儿，就跟刚才我喂的那只差不多。"

正说话间,一声尖厉的刹车声直戳耳膜。一辆打着空驶灯儿的出租车急停在了我们桌子旁边的马路上,那只刚才被我喂过的花猫浴血躺在车子左侧的两个轮子中间。它的身形蜷曲着,眼睛流血,身体微微颤抖,猫科动物特有的桀骜已荡然无存。驾驶座上一个微胖的中年男子下了车,看了眼自己车子的左前轮胎后走到猫的旁边,用脚踢了它一下。那猫翻滚了一下身体,血并没有汹涌,但从那微弱涣散的眼神判断,已是出气多进气少了。

"死没死?"司机低头看了看,抬起头笑着对路边几桌吃饭的人说,一嘴片儿汤话一脸市井表情。吃饭的人头微一耸动,就都回归于冷漠。我目不转睛地盯着他,那司机很以此为荣。

"死了吧?"那司机又踢了它一下,抬起头冲我说。

我没说话,就那么看着他。

"应该是死了。"司机低头看了一眼猫,又抬头朝我咧嘴一笑。

就在他的目光再次和我的双眼相接的刹那,我抄起手边一个板凳儿,抡圆了砸了过去。

司机完全惊了,他显然不明白发生了什么,就像那只轮下的猫一样。板凳儿砸到他身上崩碎了,圆木板儿从铁椅子腿儿上飞了出去,震得我手掌心儿直麻。他吃痛后退了一下儿靠在了他的汽车上,我扑上前抡拳朝他打去。

司机终于回过神儿来,慌张地大喊:"干什么你!来人啊!抢劫啦!"

周围的人全惊了,霎时看热闹的人蝗虫般围了上来。赵扬愣了一下,抄起一个酒瓶子跳过来就朝那司机面门打去。这是我们多年的默契,动手先封眼。那瓶子抡过去被司机拿手挡了一下,瓶子虽然打着了他的手臂,但没碎,力的作用下瓶子迸开磕到了我头上。这一磕没别的效果,直接让我数日来被唐婉折腾出的邪火儿全数顶到了脑门儿上!我扑上去一通儿抡圆了的王八拳直奔鼻梁,登时砸得他鼻血直流。赵扬不停地狂踹他,但基本上全踹我身上了。QQ和刘柠全愣住了,刘甲拎了个酒瓶子瘦猴似的走过来站在我们旁边的马路牙子上,点了一根烟环顾了一下四周,人们纷纷躲避他的目光。

司机被打傻了,嚷嚷着:"救命啊来人啊!抢劫啦!"他号啕道:"报警!快报警!"

人群一如既往地冷漠着,号啕只换回悄声议论和指指点点。没有人管他,就像刚才没有人管那只猫一样。

"今天这猫死了,你就也得死!听见了吗!"我揪住他的头发吼道。

"兄弟,我真不知道这猫是你的!"司机愣了一下反应了过来,用哀求的语气道,"赔钱,我赔钱!"

我根本不理,揪着他的头发把他拽起来直接撞向他的车,随着"咚"的一声闷响,那脑袋极有弹性地弹了起来。我下一招儿还没来得及使,赵扬从后头一脚整踹在他屁股上。这司机倒乖,借着这一脚的惯性"噌"一家伙蹿出好几米,接着他以迅雷不及掩耳之势扎进人群,车也不要了,边跑边喊:"救命啊!打电话报警!抢劫!"

"你给我站住,赔我的猫!"我大喊着从马路牙子另一桌上抄起一个啤酒瓶子追去，看客瞬间闪开避我唯恐不及。

"别打啦！"一个好听的声音，我回过头儿，看到刘柠抱着那只奄奄一息的猫站在那辆出租车旁，神情焦急。

"追不追？"赵扬喘着气颠过来问。

"走吧，带猫去医院。"我皱了下眉说。

我们一行五人扬长而去，饭馆儿也没人过来收钱，围观的人群也自动让开一条缝儿，如摩西渡海时的波涛。我打开车门，刘柠抱着猫小心翼翼地坐进副驾驶座。赵扬打开他的车门，刘甲一声儿不吭地坐了进去。QQ面若痴呆地跟着也上了赵扬的车，表情如坠云雾。

我掉了个头朝司机跑掉的反方向开去，赵扬的车一脚油门儿就跟了上来。我望向副驾驶座，坐在那儿的刘柠正温柔地注视着她怀中的那只猫，就像在抱着一个婴儿，根本不去理会沾在她衣衫上的血污。

我蓦地觉得这一幕似曾相识，画面中的刘柠格外美丽，而且极亲切极顺眼，那录音棚中招人烦的臭脸女孩儿倒仿佛是另一个人。

十八

医院救猫

　　车窗外热风扑面，我虽一脸潇洒，但岁数大了，顾虑未免就会有些多，表面儿上倍儿横倍儿不吝，心里早就在担心数辆警车呼啸而至将我们从车里揪出来铐上。寻衅滋事打架斗殴加酒后驾车，最少拘留十五天吊扣驾照半年，我一个正在事业上升期的知名音乐人，如何消受得起？

　　"刚才我有点儿冲动哈，不好意思。"我挤出微笑。
　　"没有，我觉得那人本来就该打。"刘柠脸上一点儿笑意都没有。
　　"今儿这事儿你先别跟你们公司说啊。"
　　刘柠不语了很久，"嗯"了一声，很显然，她的反应让我觉得自己特孙子。
　　"类似的事情我也曾经遇到过，我看到过一个女孩儿不小心撞死了一只猫，她给猫盖了白布，联系了物业来帮忙处理，然后她自己坐马路边上悄悄抹眼泪。"静了一会儿,刘柠说。

"唉,现在这事儿没法弄。"我说道,"你放心吧,猫有九条命。"

一行五人将车停在华威桥边上一家宠物医院门口,进门前我机警地回头扫了眼三环路,没有发现闪烁的警灯,心下稍安。

挂完号进了诊室,一个年轻的男大夫瞥了一眼伤猫,一条胳膊搭在椅子靠背儿上动都没动,说没救了别治了。其实,在猫被那个出租车司机从车轮中踢出来时,凭我客观的逻辑判断能力就知道这猫已经没救了。刘柠一脸冰冷地说,您治吧谢谢您,语气中全无谢意,目中寒光四射。男大夫瞥了一眼刘柠,后背紧贴着椅背,说那就先照片子去吧。

最终折腾到凌晨两点,一共花去了人民币三千多元。我身上就带了四五百块钱,而且我也舍不得出。刘柠去医院外的一个 ATM 取了五千现金,承担了全部的治疗费用。大夫看了 X 光片,说是内脏已经破裂并且积水了,骨头也断了几根。处理的顺序是先打止痛针,接着是输液补充营养,加强免疫力,然后是消炎,最后一针是安乐死。

在打安乐死针之前,那大夫一直在念叨说这猫没治了,别治了。大家都不接话,只感觉刘柠一身寒气愈甚马上要炸。后来那男大夫突然一反常态,倍儿有爱心地说:"挺晚的了,要不你们先回去休息,猫先留在医院治。"接着他居然后背离开了椅背,对刘柠说:"留个微信,有消息随时通知。"刘柠不语,就那么一脸冰霜地看着他,连我都觉得自己一身冰碴了,便大声问赵扬:"你觉得刚才咱们打的那人报警没有?"那大夫就钻回了自己的诊室,再也没出来过。

"别治了,这是增加它的痛苦。"最后我实在看不下去了,在打点滴的时候,那只小花猫一直躺在点滴台上抽动着它满是污渍的身体,眼巴巴地看着我。可怜的小家伙,它到现在都不知道发生了什么。

刘柠看了我一眼,让我感觉自己中了一记寒冰神掌,连血都凉了。正愣在她冰冷的眼神中,她一言不发地走出了点滴室。在料理完后事之后我走到医院大厅,QQ跟我说,刘柠已经自己打车走了。我对她不辞而别有点儿来气,我问QQ她这连招呼都不打就走是什么意思。QQ赔笑说她可能忘了,我冷笑道那散了吧。一直想走但没好意思说的刘甲立即大声赞同,一行人轰地出了医院,赵扬送刘甲回家,我顺路捎QQ回家。这一路我施展我的臭贫神功给她讲了无数个段子逗她,在将她的心情铺垫得不错后,我在她下车说拜拜时对她说:"我们这帮人自幼熟读经典,尤其受《水浒传》影响颇深,平日里就是爱路见不平。今天这事儿,先别跟你们公司的人说,现在做好事儿,不能留名儿。"

死亡和爱情都是令人无可奈何的东西,一旦发生,都难以挽回。

十九

唐婉来电

第二天醒来后已是中午，我小心地踱到阳台向窗外眺望，发现并无警车，身上的发条才稍松了松。一仰身躺回床上又滚了几滚，和唐婉云雨以及为了猫打了一个出租车司机这样的事儿开始在脑海中交织起来。极合情理的，我觉得这些天的境遇都特别荒诞，特没逻辑，显然我不认为这些事儿会发生在我这种福大造化大的青年才俊身上。烦躁地翻覆了一阵儿未能再次睡去，便又起身去窗前瞥了几眼，仍未见神情果敢的居委会大妈带片儿警走街串巷。

"很担心你，看到短信后请回电话。我对你是认真的，我想和你谈恋爱，想娶你。"我给唐婉又发去一条短信，字里行间很难让人把它与我狂躁的内心画上等号。但显然，此类有去无回的短信已让我感到习惯并逆来顺受地视之为生活的一部分。又愣着神儿刷了会儿朋友圈儿，我呆呆地走进洗手间洗漱，手机猛地响起，吓得我牙刷直抵腮帮子深处。我骂骂咧咧地拿起电话，赫然看到来电的竟是唐婉。

"外，唐老师，您终于回我信儿了啊？"我的声音居然充满欣喜，没有任何不满。

"孙老师。"唐婉的声音一入耳，一切埋怨烟消云散。

"上回让您到家来个微信，结果您还把我拉黑了，我这几天一直琢磨，心说我这是怎么得罪您了，您要和我绝交。"

"没有。"唐婉仿佛是笑了一下。

"你这几天好不好？"我意识到我的声音极深情。

"挺好的。"

"我特想你。"

"……"

"那天，我是不是……"

"晚上你有时间吗？"唐婉打断我。

"有啊！您张嘴我什么时候儿都有时间，怎么着您说？"

"有一个演出，在 MAO，陪我去看吧。"

"没问题！"

挂了电话，我踱到阳台上点燃一支烟，将深邃的目光悠悠地抛向窗外。唐婉愿意重新和我恢复联系是因为什么？是不是这意味着柏林墙倒了东西德合并般她终于接受我了？更乐观地说，这算是要和我确定关系、尘埃落定了吗？

有一些时候我会油然而生一种夫复何求的感觉——什么名啊利

啊，去你妈的，爷现在这样儿就够了。类似童年时吃上根冰棍儿玩儿上游戏机，但又不完全等同于这种蒙智未开的简单快乐和满足。相同的是，一般这种时刻都没有重大变化，诸如事业成功、中彩票巨奖、被胸大的美女表白等等。事实上，这种感觉出现的时候周遭的情境通常都很简单平易。点缀四周的往往只是舒适的天气，一袭微风，一个姑娘，一处似曾相识的场景。

我在 MAO 的门口儿看到唐婉时就感觉到了这种美妙的情怀。她仍然是短裤 T 恤，小腿晶莹双臂如藕，似一朵在鼓楼东大街路边静静绽放的花儿，毫无多余的装饰。而她身边的摇滚青年们正竭力假装对她全不在意，并利用人流的阻碍在人缝儿中自以为高明地偷看她。整条鼓楼东大街，大概只有我不像他们这般虚伪，因为从第一眼起，我就近乎贪婪地望向她，旁若无人地、肆无忌惮地、沉醉地注视着她。

我走过去和唐婉如老友般打招呼，她看上去心情不错，湖水般的双眸让我这些日子因为被她拉黑微信不接电话不回短信所积攒的怨气荡然无存，而她的笑容更飞快地感染了我，甚至说让我亢奋起来也不为过。望着那上扬的嘴角我愉快地吹着牛，生动地讲述自己在摇滚圈儿人脉有多广，老崔小窦成天没事儿就给我打电话等一系列事迹。

"孙老师真有面儿。"唐婉笑着说。

我听到这话登时如公牛见了红布般一时兴起，左手挥舞右手叉腰，朗声道："你不知道，随着《除了我你还爱谁》的大火，现在我在音乐圈儿地位高了，天天日理万机，说实话真的很难再抽出时间为中国摇滚新生代分忧。可看到这些年轻人为梦想热烈的样子，我真的比自己写出优秀的作品还开心。看这一张张澎湃的脸，分明就是我年轻时为音乐死磕时的写照嘛！你看你看，他们有没有我少年时中华田园土摇滚的神韵？"

唐婉不答，她一直在笑。我喜欢她笑起来的样子，但我能察觉到她有心事。我很敏感，我爱上的人那内心深处的东西不是用笑容就可以掩盖的。

进门后我掏钱买票，唐婉说她已经买了预售票。我说把钱给她，遭到她的拒绝。在验票的时候人流有些拥挤，我轻轻搂了她一下替她挡开人群，唐婉也没说什么。其实直到那时我的心情都是非常甜蜜而柔软的，但当验票员问她是来看哪支乐队她说出"半减七"时，我才不悦起来。

果然，门边儿墙上的海报写着一堆乐队的名字，其中就有"严霞与半减七"乐队。

"唐老师，你这品位我真是得说说你，你要爱听摇滚，我给你推荐点儿外国乐队。国内这些乐队，少听，毁耳朵。"和唐婉并肩走进场地，我说。

唐婉没有回答，我余光看到她正注视着前方。顺着她的目光望去，一个瘦长身材的孙儿正在舞台前和几个小姑娘说话。那几个小姑娘一副花痴的模样，显然是在有组织有预谋地和这个孙儿合影。

我认出这个孙儿就是严霞，瘦高个儿，宽肩膀顶个不成比例的小脑袋，名副其实的小白脸儿。他在圈儿内以玩弄女性著称，无数人和我说过他的果儿可以从鼓楼排队到通县。

严霞也看到了唐婉，他朝我们这个方向摆了摆手。我正心怀鬼胎，唐婉突然挽住了我的胳膊拉我走了过去。在她手臂触到我手臂的刹那，我觉得我的身体像正被巨型乌贼缠绕拉入深海的渔船。登时，我呆若木鸡，差点绊了自己一个趔趄。

"这么有面儿啊，把唐老师都惊动了？"严霞冲唐婉笑道，接着他冲我也点了下头。我想装看不见也来不及了，只得也挤出笑点头意思了一下。

"来支持一下严老师的演出呗。"唐婉笑着说，接着她晃了晃挽住我的肩膀道，"这是我男朋友，孙勃，他也是做音乐的，你们可以沟通沟通。孙勃，这是严霞老师。"

"你好。"严霞冲我伸出右手，我心里很不情愿，但还是伸手和他握了一下。

"你们先玩儿，我去后台准备一下。"说着，严霞抽身离去。唐婉的神情闪现出了半秒不到的幽怨，但还是被我捕捉到了。接着唐婉松开了我的胳膊，这令她的挽臂举动和刚才那"男朋友"三个字的表演目的太过明显。我感到心底有什么正在翻滚，但脑中的逻辑还没那么快理通顺。或者说，我很不开心，但还没意识到那令我不爽的是什么东西。

"你朋友？"我故作不咸不淡地问。

"是的。"唐婉也回答得稀松平常。

"前男友?"

"不是。"

"噢,对,唐老师没交过男朋友。"我酸溜溜地说。

唐婉没有回答。

"普通朋友?"我又问,唐婉仍然没有接话。

我想问唐婉是不是和他睡过,但我忍住了。这时第一个乐队的表演开始了,一个所谓的英式乐队。我特别烦这种阴天下雨装格调的小英式,本来唐婉和严霞这不对劲的关系就让我醋意大发一脑门子狐疑,舞台上穿着整齐西服的这四个人居然还跟着自己的音乐扭屁股跳了起来,恶心得我根本没法思考。

英式乐队唱完四首歌儿后下台,我正想和唐婉聊点儿什么缓解一下这种倍儿干的气氛,一歪头儿还真看见一个熟人,是好多年前玩儿乐队时一起演出过的一个鼓手。为了当着唐婉面表现出我在摇滚圈儿的地位,我过去一通唾沫四溅好汉专提当年勇。正满嘴给自己贴金,唐婉和我说她要去洗手间,在她转身走出场地后,我一下儿对旧事重提没了兴趣,和鼓手无言对立。

等了一会儿,见唐婉还不回来,我走出场地去厕所晃了一圈儿,却也没见到她。我想可能是上大号儿或来例假耗时较长,便掏出根儿烟点上。一扭脖儿,却看到拐角的玻璃里映出唐婉和严霞正站在墙的另一边。严霞一副无赖的嬉皮笑脸,唐婉却神色凝重。

我快步轻声过去,站在拐角边他们视野的盲区,位置上我其实离他们很近,但却看不到彼此。我靠到墙上,特别没事儿人似的嘬了口烟。

"干什么事儿,都想想自己要的是什么。"我听到严霞说,在嘈杂的 Live House 中,他们的声音并不大,但我的注意力够集中耳朵够尖,距离也近,听得倒很真切。

"我觉得我想干什么,是我的自由。"唐婉说。

"没错儿,这当然是你的自由了。"严霞说,静了几秒,又道,"你今儿过来就是和我说这些的,是吗?"

唐婉无言。

"干什么是你的自由,但别毁自己,别糟践自己。"严霞接着说。

"你觉得我毁自己了吗?我现在明明很开心。"

"别逗了,你爱那哥们儿吗?就刚才号称也做音乐的那哥们儿。"严霞语气充满讥讽,"现在满大街都是做音乐的,跳楼砸死两人都得有一个是做音乐的。"

"我是不爱他,但他是我很好的朋友,我希望你别这么说我的朋友。"唐婉说。

"承认他是好朋友不是你男朋友啦?我刚才一眼就看出这是你在马路上捡的。"严霞笑道。

"唐老师,别老干这么小孩儿的事儿,要真想谈恋爱,就找一个真正爱你的人好好爱吧,别四处儿在马路上寻摸。"见唐婉不语,严霞接着说。

"严霞,你明明知道我爱的是谁,你说这些话很得意是吗?"唐婉道。

"唐老师，我说了很多次了，你爱的不是我，你爱上的是你的幻觉。你只是把我当成一个载体，然后把我想象成你以为的样子。"严霞很无所谓地说道。

"严霞，你知道吗，我其实很赞同你这套关于幻觉的爱情观点，但我特别讨厌你在提到爱情时这种故作特无所谓的态度。你明明心里也是很相信爱情的，却老装成不相信爱情看破红尘游戏人生的样子，你别骗自己了。"唐婉道。

"我谁都没骗。"严霞说。

"睡来睡去有劲吗？"唐婉问。

"什么意思？"严霞说。

"我进门前在门口碰到你们乐队的胖子，还和他打招呼。刚才我在厕所的时候，听他正和别人说严霞的好几个果儿今天都来了，估计一会儿要撞车。"唐婉说。

"胖子那嘴，一句实话没有。"严霞说。

"你回答我的问题，你这么睡来睡去有劲吗？"唐婉问。

"比爱来爱去有劲。"严霞说。

"你继续自欺欺人吧，继续伤害所有真心对待你的人。"唐婉的声音有些颤抖。

"我再说一次，我谁都没欺——我自己也好，你也好，或者别的女孩儿也好。咱们丑话都是说在脱衣服前面儿的，不提爱情就是睡觉，对吧？我没蒙你没骗你吧？说实话，我觉得这比我原来爱得死去活来的日子强多了，自在。"严霞说。

听到这里，我便转身向场地走去。话都说成这样儿就没什么可听的了，其实刚才随着他们的对话，脑海中厘清的逻辑已让我浑身冰冷血液滞流。返回场地在舞台前站定后，我仍然头皮发麻。第二个乐队正在演他们第一首歌，在轰鸣中，我感觉到自己出奇地、前所未有地冷静。这是被蒙在鼓里所带来的极端愤怒感和男性自尊心受挫所带来的极端羞辱感混杂在一起所导致的负负得正。毫无疑问，我认为自己是一个纯傻缺。也就是说，我身体中除了傻没有其他东西。我是一个纯傻缺，一个真真正正的不含任何杂质只由傻缺构成的纯傻缺。

没过多会儿，唐婉就回来了，表情像刚被老师批评完的好学生。我装作什么都不知道一样打招呼，和她并肩站在舞台前继续看演出。我们又看了两个乐队，无非就是鸡冠子禽流感朋克和歪脖儿农业金属这类土摇滚。乐队糟糕，其间我和唐婉也无甚话。半减七是倒数第二个乐队。在他们上台前，唐婉提议回家，我极赞同，二话没说转身便走。

在开车送唐婉回家的路上我极反常地笑着，拨弄唇齿口若悬河，三教九流上天入地过去未来宇宙万物，反正没我不知道的。唐婉正在竭力用微笑掩盖她的心事，这让我的唾沫横飞更加肆无忌惮起来。老实说，在那一刻我甚至找到了一种话剧演员在舞台上的感觉，要不是手握方向盘，我早已手舞足蹈任奔腾的灵魂飞向天际。

"对了，孙老师，刚才我说你是我男朋友，我是在和我那个朋友开玩笑，希望你别介意。"唐婉说。

"不会哒不会哒,我当时就明白唐老师什么意思了,你没看我一直配合你来着嘛。"我狰狞地笑道。

唐婉指引我将车开到三里河一条胡同儿里的小区前,她下车后把她那符号性的笑容抛给我说了声再见。我也冲她微笑摆手,五官抽搐地挤成了":)"表情的样子。

二十

放不下的爱

在那天回家的路上,我立重誓从此和唐婉画清界线,我决定再也不爱唐婉,谁再给她打电话谁傻缺。还有英子,这就是你给我发的妞儿,死去活来爱着别人还拿我当枪使的"处女"!

进门后我上网查了和唐婉云雨那夜愚公移山的演出名单,果然有严霞的半减七乐队。我将手中的鼠标狠狠摔到地上,一系列零部件飞迸散落。

躺到床上后我难以入睡,事实上在MAO听到那段对话后我脑子一直处于沸腾的状态,唐婉符号般的笑容、纯洁的双眸,还有她赤裸的身体无比真切地在我眼前交叠飞舞。第二天起床后,我顶着黑眼圈儿像个失忆的猩猩般呆坐在电脑前开着工程文件盯着手机,翻微博刷朋友圈儿,望着唐婉的那张背影照片出神,嘴里不停地对自己说你再给唐婉打电话发短信你就是纯傻缺,你应该骂她质问她到底拿你当什么东西。就这么坚持到了下午四点多的时候,我终于放弃了抵抗,给唐婉发去短信问她睡得怎么样,今天都在忙什么。唐婉回复睡得还好,今天要陪家人,一个笑脸的表情。

好吧,我是纯傻缺,所以我的行为对于我的身份来说非常合乎情理。没错儿,接下来的一周里,我将重誓扔到爪哇国,每天继续给唐婉发短信,问寒问暖,偶尔还打电话。我问她能不能把我微信加回去,她并未作答,而那些发出去的短信,能收到的还是些"嗯啊噢对"的敷衍回复,外加那个":)"的表情。电话中唐婉的声音客气而生疏,仿佛我们从无男女关系之实,也无情侣之分,什么同年同月同日生这些就更别提了。

英子给我发过微信问我和唐婉怎么样了,我理都没理。我认为我有足够的理由对英子这个介绍人不满,什么处女,什么纯洁!

我仍然想见唐婉,我爱她,是真的爱,人生中从未体验过的爱,这毋庸置疑。不管她爱谁,和谁睡过,抑或她怎么看我,是不是拿我当纯傻缺,我都爱她。在调匀呼吸静卧于床时,我可以更理性更坦然地直面这一点。可在渐渐自认已能接受现实,超脱到足以处乱不惊地面对求之不得所产生的烦恼和痛苦后,我发现如何对待唐婉在我心中顽固的形象正成为一个新的难题。

唐婉在我心中有三个根深蒂固的形象,一个是二一四中学校门前的样子,一个是北工大校门前的样子,一个是在我床上裸体的样子。她总会随机挑选出一个样子,在我闭目时倏尔出现在我的眼皮底下,是的,只要一闭眼,她就从那黑漆漆的布景中踱来。有时穿着二一四中学的校服，有时穿着牛仔裤T恤，有时一丝不挂。无论何种打扮，她都会给我一个":)"表情般的微笑，接着，一切就都凝固了。

我下了很多音色插件，写了很多水歌儿，新开了很多工程文件，读了许多书。我一遍又一遍地看《了不起的盖茨比》，试图让自己相信唐婉和黛茜一样也是物质功利的凡尘俗妞儿，不是什么冰清玉洁的仙女；我不停地听 *With Or Without You*，我跟着音乐大吼："I can't live！With or without you！"我孜孜不倦地翻阅唐诗，低首暗诵"草木有本心，何求美人折"。我不厌其烦地看《诗经·郑风》，双手背在身后迎风长吟："子不思我，岂无他人？"

我在网上找到北工大论坛搜唐婉，看各种讨论她如何胜过其他三位经管学院女孩儿以唯一一名计院学生的身份位列北工大四大美女之首的技术帖。我在网上搜索严霞，看到了他数量惊人的自拍照。我海洋般宽广的胸怀令我可以承认他长得不错，但你知道，如果一个男人自拍了这么多照片放到网上，那只能说明他认为自己是东半球最帅的人。而显然，这种自我感觉良好令人发指。出于眼中容不得沙子的卫道士的尊严与洁癖，我在微博和各种BBS里搜有关严霞的帖子，并注册了多个马甲用犀利流畅的言辞对这个社会渣子的人格进行客观而充满正义的批判。当然，在道德大旗下，艺术渲染与戏剧杜撰也在所难免。

骂得多了，我会感到难以名状的徒劳与空虚。比起这些无趣的发泄行为，我更喜欢看手机中唐婉的那张照片。这渐渐成了我的一种寄托，她的背影像是我小时候捉来装在盒子里的昆虫，静悄悄地躺在手机里。

不过,情场失意赌场得意,我在棚里和他们玩儿斗地主卷了赵扬和刘甲八千多,有一把刘甲仨炸,我愣是抓了仨炸俩猫儿把他切了,就那一局就赢了他小两千,据说那晚上刘甲做梦都是哭醒的。

接着各种事儿也顺了起来。《除了我你还爱谁》继续以惊人的热度火着。我们小区门口保安天天一边收停车费一边唱,有一天我实在忍无可忍,问他这歌儿有什么好听的,他说他爱这首歌,现在经他提议这首歌已经是他们保安队队歌了,我无语凝噎。随着神曲的蔓延,我和赵扬受邀接受了几个电台和杂志采访,众媒体都对我二人的创作才情赞不绝口,我们连连谦让,矢口否认并用华丽的词藻赞美采访我们的 DJ 和记者,直接导致有一家电台要请我当固定嘉宾,有一本杂志要让我给他们写专栏。

彭总听了给刘柠录的小样儿以后很满意,让我们开始做成品编曲了。框子搭完后彭总来棚里视察过几次,在被我们拍了一通马屁之后其满意信任溢于言表,除了立即结了两首歌儿的编曲钱,还差点儿把家门钥匙给我们。大钱儿听说这事儿以后给我打过一个酸溜溜的电话,说你们越来越牛了啊,独立制作专辑了啊,老兄弟也用不着了啊什么的。我说我们的进步离不开钱哥的提拔,牛肉大亨那八十万要是扎中了就给他提十万,他才没再吭声儿。后来他又提那四百的事儿,我赶忙打岔给岔过去了。

总之,除了爱情,一切看上去都是欣欣向荣,兜儿里鼓了些,这也算是好消息了。

当然，生活并不可能一切都和谐，用赵扬的话说，我变丧了。对此我不愿承认，我是一个左右逢源深谙世道的明白人，怎么会拉脸给人看，钱还挣不挣了？我顶多愿意承认的是，我正重返青春，重拾那份不计后果的单纯躁动。

是的，我特想打人。

有一次吃饭的时候，我和赵扬他们说最近我要是打人你们都得来，而且每人都得叫两金杯车的人。大钱儿刘甲含糊着说要到时候没事儿就没问题，赵扬惊问谁得罪我了。我说没事儿，现在八字儿没一撇儿呢，但那傻缺要再成天不知道自己姓什么，那他这顿打跑不了。

跟我差不多丧的，是我们肯定会火的艺人刘柠。在这几天刘柠老师仅有的几次现身中，她都是我第一次见她时的那个烦人样儿。冷冰冰地戳在那儿，倍儿傲，看你一眼，你就像挨了一记寒冰神掌，浑身寒毒发作。你要想自己找不痛快，就去和她说话，她一般是看你一眼，然后戴上耳机开始听音乐，那轻蔑的表情让你觉得她特别看不上你。

没事儿的时候，姐们儿就抱着她曲起的双腿窝在沙发里戴着耳机听音乐，谁也不理。有一天她穿了一条很短的小热裤，那抱腿而坐的姿势绝对是这录音棚建棚以来最亮丽的一道风景线，赵扬眼睛都看斜视了。傻缺刘甲坐调音台前头没事儿就回头瞟一眼，脖子很快就拧了筋，我们带他去国医堂中医推拿科让老中医给按了一下午才好。其实我理解他们，爱美之心人皆有之嘛。就连我，这样一个胸中充满真爱刚刚遭到戏剧般变故的人,也无法抵抗那双美腿。当然了,我完全是从艺术和人体工学的角度来欣赏的,类似画家端详裸模,完全是为了艺术,跟赵扬刘甲这样儿的色狼不一样。

其实即使不穿热裤,刘柠也要经常面对雄性炽热的目光。这不光是因为她漂亮,而且她的气场有一种看不见的光芒在吸引着人们的眼睛。我们一起上街,各种男的为了回头看刘柠掉沟里摔井里踩狗屎撞电线杆子的比比皆是,她一上街发生个两死一伤都是轻的。对此,刘柠视若无睹,如冰雕般置若罔闻。

事实上,宰相肚里能撑船的我曾友好而又大度地和她搭话,毕竟有业务往来,闹太僵不好。但我几次主动交流示好,她都冷着脸不接话。有一回我差点儿就翻脸,我特想问刘柠:是我说别救那猫让她讨厌我了还是怎么了,成天这么丧,能不能有话直说有意见提?当然,为了四十万我忍住了。真诡异啊,那天她温柔的目光、亲切的笑容,我们像老朋友一样聊猫,一起妄图拯救一个不可挽回的生命的事情,就像从未发生过一样。

二十一

英子的助攻

这天老彭来视察,我们为此罕有地上午十一点开工。刘柠唱录得很快,老彭也被我们拍得笑容灿烂。一切顺利,除了头天晚上吃多了赵扬从家带来的豆糕想放屁。

我是极有修养的,屁总要躲到幽静处放。我推门而出,走到楼道洗手间旁无人的拐角处,丹田一松,任这压抑多时的人间仙气夺肛而出。味道如何且不表,仅从音量角度来说,这是一个念天地之悠悠级别的屁,若放于旷野高原,想必远远荡去,十里开外的人耳中会滚入一记沉雷。

正通体舒畅地准备回棚里,一抬脚拐过弯儿,却赫然看到愣在那里的刘柠。她显然是来上洗手间的,这意味着她耳中正回荡着屁声。

"洗手间就在这儿。"我处变不惊。

"嗯。"

"你刚才听见什么声儿没有?"我冷静地此地无银。

刘柠嘴角竟轻微上扬了一下，像是在忍着笑。

"这种老楼，隔音太不好，楼上放屁居然都能听见。"我说。

终于，刘柠嫣然一笑，倾国倾城。我装傻充愣地从她身边走过，心中对刘柠的笑容唏嘘不已。笑容真是造物者给人类最神奇的礼物，刘柠的这个笑容令此时的她与平日里那个横眉冷对的女冰人形象天差地别。直到回到棚里，那笑容的光环仍令我晕眩。如此水灵的小姑娘，要是不成天板着个丧脸该多好。正在出神，刘柠推门而入。我有些被识破的尴尬，偷眼望过去，见刘柠也正看过来。二人目光相错而过，均是无言。

送走彭总已过了午时，刘柠也归家而去，剩下我们聚到刘甲棚边上的火锅店用餐，刘甲的女友小乐也来入席。觥筹交错之后，众人一通吹牛神侃，难以避免地聊到了刘柠。我问QQ刘柠是不是彭总的小蜜，QQ矢口否认，赵扬在桌下狂踹我的脚。我继续追问，QQ含糊地说刘柠的父母和彭总关系不错。我又冷笑着说刘柠是真没微信吗，我才不信呢，不就是看不上我们不想加我们嘛。QQ又赶忙说刘柠是真没微信。我哼了一声，没再说什么。之后我们又聊了聊中国原创音乐界的现状，大家都认为只有靠在座的几位来拯救中国原创音乐了。

最终，话题被我引到了爱情。

"要说爱情。"刘甲抹了抹嘴，"我跟小乐这么多年了，从高中开始到现在，七年了，这才叫爱情，真爱。"他笑着搂过身边的女友，

"是不是?"

"德行。"小乐一撇嘴乐了。

"牛。"我叹道,满眼全是唐婉。

"好了七年,好浪漫啊。"QQ直鼓掌。

"那可不,我到现在都记得,高一的时候小乐穿着一身粉红色的衣服来学校报到,当时我就对她一见钟情了,到高二我就向她表白了,一直到现在。"刘甲面有得色。

"等会儿,刘洋!"小乐变脸了,"我高一上学校报到的时候穿的不是粉色衣服。"

"啊?"刘甲慌了,"不可能,你记错了。"

"不对,我报到的那天肯定没穿粉色衣服!"小乐转着眼睛想了一会儿,大声说道,"你记错人了吧!"

"不可能,你那天穿的就是那件粉色衣服,绝对的。"刘甲声音也大了。

"好啊,刘洋,敢情这么多年你喜欢的都不是我!"小乐怒了,我和赵扬都习惯了,刘甲这女友动不动就急,从来不分场合,不给刘甲留面儿。

"你当着这么多人别又犯病啊!"刘甲双眼瞪成活猴儿。

"滚蛋,少理我!找你那个粉色衣服的真爱去吧!"小乐一翻白眼起身冲出饭馆,众人尴尬无语。

"你不追?"赵扬问道。

"不惯她这臭毛病。"刘甲道。

"一会儿你就得跪着求她去,你信不信?"我道。

"吹牛呢!"刘甲一脸不服,却起身冲出了饭馆。

"嘿,你们把饭钱A了再走啊!"我喊道,刘甲不应。

QQ瞠目结舌愣在了那里,我和赵扬对刘甲小乐成天这么闹却一直没有分手表示震惊。又等了一会儿,我对赵扬说这很有可能是这两口子串通好的有组织有预谋的逃单行为。QQ一脸迷茫,说男孩理应让着女孩啊。赵扬赔笑说他要有女朋友绝对天天惯着她。QQ问我们是不是刘甲真的这么多年爱错人了,小乐其实不是他记忆中的那个初恋。我说也不是没可能,爱情就是特扯淡的一回事。正聊着,电话响了,是英子。

"你还好意思联系我啊?"我没好气儿地接起电话走出饭馆,赵扬在里面冲我喊:"你不许也逃单啊。"

"给你发微信不回,我这有好消息告诉你。"英子说。

"什么好事儿啊?"

"我跟她明说了。"英子道。

"你跟谁明说了?"我问。

"唐婉。"

"你明说什么了啊?"

"我问她到底想怎么着,不能这么耗着孙勃,得给你一个交代。"

"人也没耗着我啊!交代人家也不是没给啊,就当好朋友呗。"我道。

"她承认了,也不是完全不喜欢你。"

北京城黑了一下儿又亮了。

"是吗?原话是这么说的吗?"我狐疑道。

"我蒙你干吗啊?我跟她交心了,约她出来聊了一晚上人生和爱情。我明明白白地告诉她,过了这村儿没这店儿,错过了孙勃儿这样的好男人,以后她肯定会后悔的。"

"你终于说几句人话了。"我咧着嘴说。

"说实话,原来我和唐婉也不是特别熟,但现在算是真成姐们儿了。她说了,她不讨厌你,虽然没觉得爱上你,但也不是完全不喜欢你。听见了吗,有戏!"

"英子,你当我是三岁小孩儿啊?你怎么问的?"

"我问她真就一丁点儿都不喜欢你吗,她没说话。"

"这就叫不是完全不喜欢我了?照你这么说,这话能搬到所有人身上,她没说话不代表肯定。"

"嗐,没你想象的怎么糟,我觉得唐婉压根儿就不知道自己要什么。你想啊,姐们儿完全没交过男朋友,根本没和异性接触的经验,像勃哥你这么优秀的男人猛地一出现她不适应。"

"没交过男朋友,你怎么知道的?你听唐婉说的?"我问。

"那可不嘛。"

"男朋友没有,那傍间儿和炮友儿有没有啊?"我说。

"这……我觉得不会吧?"英子说,"唐婉人眼神儿多干净一小姑娘儿啊,现在在北工大校内论坛被称为'北工大高圆圆'。"

"是嘛。"我冷笑。

"你啊,就接着追吧,我现在天天给你吹风儿呢,夸你的话我自己听着都脸红。"

"这就对了!你早干吗去了!你早该用华丽的词藻赞美我,你要早这样儿我都不至于挨撅!"蓦地,我心中一片酸楚。是的,我还是想和唐婉在一起,我爱慕她。

"有良心吗你!我从你们俩头天认识就开始给你吹牛,昨天我又生生地夸了你好几个钟头,什么我国年轻有为的编曲家,伟大的词曲创作家,久经考验的音乐制作人,杰出的相声表演艺术家……"

"什么叫'久经考验'啊?悼词才这么写呢!而且我跟相声有什么关系?"

"主旨是为了表达你语言灵活,人风趣幽默。"

"不像好话,但夸人的时候儿多用排比句是对的,可以渲染色彩,更有节奏感情更洋溢。"我一皱眉,"这样吧,你侧重夸这几方面,热爱生活又才华横溢,敢爱敢恨又从一而终。大意就是要让她明白,放眼古今中外,论才貌双全的情种、智勇超群的痴汉,舍孙勃,其谁哉。"

"孙勃,你现在的无耻真的是问鼎中原了。"

"除去语言赞美,别的也不能大意。你这几天没事儿就约她出来聊天谈心,别电话说别微信说,就当面儿聊,掏心窝子,然后用排比句夸我,懂了吗?"

"知道啦,你就接着追吧,踏踏实实的!"

挂电话后我回饭馆坐在赵扬旁边,点上根烟,吐出一个漂亮的烟圈。赵扬神色有异地询问我英子找我干什么,我胡编了一句,心中不停盘算着,要接着追唐婉。

二十二

校园偶遇

我知道业内对我的评价,他们认为我极精,更直白地说,鸡贼,极有心眼儿,能算计。用知名歌手老郑的原话来说,"孙勃,干音乐真是屈才了,应该干特务"。知名歌手老狠对我的评价是,"孙勃,掏出尾巴就是猴儿"。知名录音师老谢的名言,"如果要选北京音乐圈儿最鸡贼的人,我会投孙勃一票"。

在我特小的时候,我就会当人一面儿背人一面儿,我爸是中国最早做唱片的那拨人儿,当时各种歌手全是在他们棚里录的。在我四岁时,现在一个已经过气儿的三线女歌手就抱过我,我在她怀里说"阿姨您真好看",把她美得都不成了,她一走我就问我们家人,"刚才那女的谁啊,那么难看"。小学的时候我开始学习孔融让梨的精神,不管吃什么喝什么都先让一下,拿着食物在大人身边假一圈儿,口中念念有词,"叔叔您先吃吧""阿姨您先喝吧"。大人肯定得假客气啊,"哎呀我不吃,这孩子真懂事儿,真乖,你吃吧"。于是,我再面带羞涩地进食。

青春期的时候我是班里的知心大爷，某男看上某女、某女喜欢某男等一系列事都找我咨询。我的神奇之处在于你往我面前一坐，我立即就能说出你喜欢哪个班的谁谁谁。对此问卜者多是立时惊恐无状拜服于地，我自然没工夫儿给他们解释我为何料事如神，他们在教室里操场上眉来眼去嘴角含情的小伎俩如何能逃过我的眼睛。

除此之外，我还深谙装孙子和吹牛。但我真正能拍着胸脯上春晚面对全国观众都不心虚的绝学，那还得是拍马屁。能够通晓针对不同人群该如何阿谀，童子功和天赋缺一不可。在你四岁之前如果你都没拍过别人马屁，那你显然这辈子都拍不出真正的马屁了。赵扬拍马屁基本上是我带出来的，虽然还未臻化境，但比原来是强多了，早年间赵扬见了人话都说不利落，更别说察言观色溜须奉承了。

我说这些不是为了显摆，我想说的是，这一次猝不及防地出现在我生命中的爱情如此之凶猛，在我漫长的二十多年人生中实属首次。所以，我无力招架的样子可能让我看上去像个乳臭未干的小崽子。但我认为傻死的骆驼比马精，鸡贼多年的底子在这儿，我能听出英子话里那些水分。她明白我需要望梅止渴，我也知道自己在画饼充饥。

不是完全不喜欢我，多么具有智慧的外交辞令。

走出饭馆，我们路过一个电影《超人》的灯箱广告，我让赵扬带 QQ 先回棚里，我掏出电话打给唐婉。电话接通后，我照例一通问候,然后问她最近新上映了一个大片儿,有没有兴趣去看看。意料之外又有些情理之中,唐婉居然同意赴约,只是说明天不行,我立即和她约了后天。

没想到真的约成了,难道排比句的赞美这么有效?就像出门遛弯闲得无聊买了张彩票一刮是五百万,太意外太无心插柳柳成荫了。回到棚里,刘甲和赵扬正在调音台前鼓捣,QQ在边上看得津津有味。

"和你媳妇儿怎么着了?"我坐到沙发里用手机订电影票,点上烟问刘甲。

"还能怎么着,我能治不了她?凭什么呀?"刘甲道。

"又牛了你,是不是刚才又给小乐跪下了?"我说。

"不可能。"刘甲道。

"你不把好消息和勃子说说?"赵扬在一边道。

"什么好消息?"我问。

"那什么,我和小乐订婚了,可能年底结吧。"刘甲道。

"牛啊!就刚才订的啊?"我道。

"早订了。"刘甲眼神闪烁。

"你蒙谁呢?我还不知道你,肯定刚才过去给人家各种赔不是未果,便以婚姻为诱饵要求和好。"我说。

"去你大爷的吧!彩礼都给了。"刘甲道。

"这么快?刚才去ATM取的钱?就这么一会儿还去了一趟娘家?"我道。

"你滚蛋。"刘甲道,赵扬狂笑不止。

"刘老师,你真幸福。"QQ一脸憧憬。

"是啊,爱情!"我一声长叹,仰倒在沙发上。

翌日照例去棚里盯活儿,那一下午眼前是调音台和分轨,心中全是漆黑漆黑的电影院里的浪漫牵手。在这甜蜜的分分秒秒中,视线中的波形都柔软温婉。

刘柠一天都没来,手头虽没什么事儿,但当着QQ的面大家也不好斗地主。百无聊赖,我实在不想听赵扬跟QQ讲情史,正欲先撤,英子打来电话,说她们学校音乐社弄了个文艺演出,唐婉刚才透露出好像要去的意思,一会儿她们俩会过去看,让我没事儿也过去溜达一下。

"最好装成碰巧儿,你不是认识各种乐队的人嘛,你假装是你乐队的朋友叫你来的,别让唐婉知道是我给你的信儿,姐们儿现在各种跟我掏心窝子,让她知道了不好。"英子道。

挂了电话想到马上就能见到唐婉,弄不好还可以和她聊聊周末的电影,从超人到蝙蝠侠,从美国英雄主义到国际形势和全球变暖的严重性,以彰显我博闻强识胸怀澄清天下之志,不禁心花怒放。刚起身要走,老彭却不合时宜地来了。没办法,我只得抖擞精神扑上去各种溜须拍马,好不容易盼走老彭已经快九点了,赶紧冲出录音棚朝北工大开去。

一进礼堂门，活动显然已经结束了，学子们议论纷纷地正在退场。众人鱼贯而出，我分流而入。四处寻觅，却如何找得到唐婉和英子？没头苍蝇般顺着楼梯走到舞台边，正在心中悔恨大骂老彭没事儿闲的，却看到一帮学生在舞台上围着一个小白脸索要签名合影。再定睛一看，那一脸微笑的小白脸竟是严霞。一股无明业火登时涌起，当真是仇人见面分外眼红。正没分说处，一人拍了我的肩膀一下。

"你还知道来啊？"是英子。

"刚才和迈克尔·杰克逊他们公司谈事儿来着，非让我给他的一些遗作重新编曲。"我边说边摆出一副很帅的样子，拼命收腹提臀，却没在英子身边看到唐婉。

"别找啦，人已经回去啦。"英子道。

"回去啦？"我难掩失望。

"那可不，看完最后一个节目就回去了，压轴的就这哥们儿。"说着英子指了一下台上的严霞，"人家也不知道你要来，看完演出不回去还干吗？"

"你就不阻拦一下，怎么一点儿默契都没有啊？"

"我怎么拦啊，她看着有点儿累，好像状态不太好似的。"英子道，我们一起朝礼堂外走去。

"不会是故意躲着我吧？现在的年轻人太害羞。"

"美得你肝儿颤，人压根儿就不知道你要来。"英子道。

我极不爱听，正待反唇相讥，突然在礼堂门口看到了今天活动的节目单，最后一个节目是"严霞与半减七乐队"。我正无处泄火，指着海报道：

"你们学校这什么社团？品位太差了，怎么找了一个这么残的人来演出？"我甩了下头发，"就这叫严霞的主儿，我们摇滚圈儿万人唾弃，结果这么一个老鼠过街人人喊打的人，到你们这儿生生成一明星了。刚我看还怎么多人围着他又是签名又是合影的，我写出火遍中国歌曲的这么大一腕儿没人搭理，太讽刺了。你们北工大的学生怎么都怎么空虚啊？"

"嗐，估计是和音乐社的人关系好吧。刚才还唱了一歌儿说是送给在座的一位朋友，估计是熟人找来的。"英子道。

"送谁？他送谁？这都是十八线歌手想要骗女观众的套路！就他还唱歌儿呐？就他写的那歌儿，不堪入耳。"

"还行啊，好像有一首是外国一歌手写给凡·高的，还挺好听的，叫什么来着？"英子挠头道。

"*Vincent*？"

"对！你怎么知道的啊？"

我一股妒火涌上额头，脑海中无数条线索融会贯通，眼睛都瞪红了。我早该想到啊！听那个人唱过，听那个人弹过，还能是谁？我这还教人弹琴给人扒歌儿，我怎怎么傻缺啊。

"你怎么了，脸拉这么长？"见我无语，英子问。

"中国几千年来最大的问题是什么？就是人情关系，干什么都托人找人，任人唯亲，导致现在世风日下！甭往远了说，连你们学校里办演出都托熟人找熟人，中国之社会现状可见一斑！为什么有我们这么好的音乐人不找？知道因为《除了我你还爱谁》现在有多少主流媒体排着队要采访我吗？你们这主办方怎么就那么不长眼！长此以往，社会还怎么进步？中国原创音乐还怎么发展？"我怒道。

"嘿嘿嘿，可显得你看书多忧国忧民了。小点儿声，你用得着这么愤吗？我觉得人唱的那小歌儿还成，除了翻唱，也有原创。"英子道。

"原创？我一撅屁股就能拉出两三首原创！"

"你怎么这么恶心啊？"

"我走了。"我头都不回地说。

"外。"钻进校门外的汽车后，我打给赵扬。

"怎么了？"赵扬的赖声儿。

"赶紧来一趟北工大，叫点儿人过来，打人。"

"什么？你等着啊，我这就过去，那边儿多少人？"

"正主儿就一个，不用叫太多人，四五个就行，其实我觉得咱俩捂他都没问题。"

"你没吃亏吧？你等着啊，别让他走了！"赵扬喊道。

挂上电话后我瘫倒在驾驶座上，看着莘莘学子三三两两地在身边穿梭。夏夜微风袭人，四五星光阑珊于天际。我点上根儿烟，回首上一次打人是什么时候儿。记忆往前拨了好几年，突然想起前几天刚打完那个轧猫的司机，刘柠的寒冰之美也不经意地浮现在眼前。接着又想上一次在校门口儿打人是何时，想了半天因年代久远记忆模糊而作罢。

我不准备再像上学那会儿那样打人了,太张扬太草率。我不是要当混混扬名立腕儿,我就是要打严霞。好事儿不留名坏事儿不留线索,主要目的是让他走马路上掉牙都不知道是因为什么。我都不露面儿,等赵扬他们到了直接指清楚人跟到僻静的地方上去就打,一句话不多说。

正恶狠狠地盘算着,却见校园深处款款走出一对男女。他们虽然没有牵手,但那形影顾盼却分明是情侣依依的模样。我的心猛地绷住,目不转睛地瞪着二人,待瞧得真切,蓦地,我心如死灰。那不是严霞和唐婉却又是谁!全北京最混蛋的渣男和我最爱的姑娘正并肩而行,而我,却只能像个傻子一样坐在车里愤恨。

二人钻进校门前一辆汽车,一阵马达声中飘然驶去。白影儿在眼中迷离,我掏出烟盒,发现自己气得手直抖。我将烟叼到嘴里,拿出电话给赵扬发了一个二百的红包,然后打给赵扬。赵扬一接电话就喘着气说这就到这就到,我麻木地告诉他正主儿跑了不用来了。赵扬不满地说他叫了一车人,拐过弯儿就上三环了。我说到了也没用,人已经颠了。赵扬说那等见面儿再说吧,我说我着急有事儿先走了,红包买两条烟送给来帮忙儿的兄弟。就在赵扬的"你先别挂你先别挂"中挂了电话。

下雨了,先是一滴雨"啪"的一声直接落在风挡玻璃上,紧接着无数雨点如琵琶乱弹般坠落,仿如狂泣。我在心中骂了一句"今天我也没洗车啊,装什么装"后将雨刷开到最大,风挡玻璃上还是一帘瀑布。我几乎躺在了驾驶座上,浑身无力手心冰凉地扶着方向盘。真傻啊我,人家爱自己爱的人,人家愿意跟自己爱的人睡觉,我算干吗的?人家现在就找地儿性交去了,我管得着吗?我连备胎都算不上,我怎么怎么傻缺啊?

　　想到这里,我瞪着眼前的道路狞笑了一下,仿佛看穿了一切,又仿佛已万劫不复。电闪雷鸣苍白无力,我知道一切都会被这狂风暴雨带走,除了我这自作多情的所谓爱情。从反光镜里,我看到自己面如土色笑得狠呆呆的,伴随着一丝故作的壮烈。雨越来越大了,难以抑制的嫉恨正和着燃烧不尽的雄性羞辱感疯狂地翻涌。车外的一切东西都模糊了,街道、楼宇、穿着雨衣的骑车人,还有在灯火中迷蒙的一辆辆不知所终的汽车,它们仿佛本就不属于这城市一般绝尘而去,消融得心安理得。除了我的傻缺爱情,一切都在雨水冲刷和雷电轰鸣之后,消融在无垠的天地中。

二十三

电影之约

那天从北工大离开后我失眠了,我想了整整一夜第二天还要不要和唐婉去看电影。人性的阴暗面令我不可能那么宽宏,是的,只要一想起那个小白脸儿我就会咬牙切齿,任熊熊的妒火名正言顺地燃烧。但最终,爱情假大空的荣耀令我被自己打动了——是的,我不是要睡唐婉,不是要占有她,我想爱她。

这日乾坤朗朗,我又牛仔裤厚靴地把自己打扮了一番。在棚里混了一下午,亦是身在曹营心在汉。胡思乱想扛到五点,离开录音棚去接唐婉,劈头盖脸张牙舞爪的日照令人窒息,最可怕的是,这一切都在我那辆在大太阳底下暴晒了一下午为了省油钱不开空调的桑塔那里加了一个"更"字儿。为了让唐婉上车就能有个舒适的环境,我开到复兴门后打开空调。在这之前我早已汗出如浆,加上我手欠,在长安街堵车的时候从身上搓出了两斤泥来。

正照着唐婉短信的地址寻寻觅觅,一抬头,我蓦地发现唐婉就站在柳暗花明的马路牙子上望着我。她依旧是短裤T恤容颜如诗，只是这一次突如其来的邂逅太过猝不及防，以至于我眼中的人海与街道都霎时如同烈日下的冰淇淋般融化，只剩下焦点中唐婉如已望了我一生般地望着我。她的身影如此美丽，恰如她那天和傻缺严霞在北工大校门口相携离去时的样子。这让我的胸口如被铁锤重击，种种过往恍如隔世。

我打了把轮儿靠过去，伸长右臂从里面帮她打开副驾驶座的门。唐婉"：）"表情般笑了一下，坐进车里。

"唐老师。"我笑得有些不自然。

"孙老师。"

我有些局促，突然失语了，本应巧舌如簧张嘴就来的好句好词甜言蜜语全冻结在嘴角。唐婉一如既往地没话，静悄悄的。我望向车前的街道，夏日正将路人的身影甜蜜地拉长。我有些无助，因为我觉得唐婉在这短短分别的时间里变得更美了。我看了眼反光镜，不由得自惭形秽。人家越来越美，我却越来越傻缺。长此以往，差距越来越大，我将愈加难以离开她，难以忘记她，难以呼吸难以入睡难以进食难以排泄并顺利成为全中国第一大傻缺。

在一个红灯处停下车，我歪过头看着唐婉。她察觉了，也扭头看过来。接着她笑了，理了下马尾问我："孙老师，我一见你就老想照镜子看自己脸上有什么东西，就是让你盯的。"

这句话令我心脏猛然一酥，心中一阵冲动，只想立时就拉起她的手冲出汽车,不用泰坦尼克撞冰山,不用彗星撞地球——就这么拉着她的手走上北京街头,从东单走到西单,或从故宫东华门走到西华门,死而无憾。

电影开始了。

不得不承认,我对银幕上那个把红色内裤套在蓝色外裤上的人实在是没什么兴趣。电影院像是天文馆,唯一的光芒唯一的星辰就是亮晶晶的唐婉。因为她是二一四中学门前那个纯洁的唐婉,她是北工大门前那个清澈的唐婉,她是在我身下那个赤裸的唐婉,她是我心中那个最爱的唐婉。所以,从她的发梢到她的手脚,从她的心脏到她的眼睛,都在黑暗中剔透晶莹。

我不时侧眼偷偷看向唐婉,她不知何时解开了马尾辫,头发散落在肩上。我想她注意到了我充满渴望的目光——对此我非常肯定,她一定注意到了。我能感受到她眼神中最细小的闪烁,就像海洋能够体会到海面上的某个细小波浪一般。我渴望她能够理解我此时心中的澎湃,意识到我有多爱她。不用言语,她只要任自己内心的情窦对我有一点点开放,我就可以察觉到那反映在她瞳孔湖泊中的波澜。

可唐婉却故作镇定地盯着银幕,光影在她的脸庞上非常有次序地散落着,弄得她的脸一会儿明一会儿暗,如同烟花盛开在夜空,我不由得看得痴了。耳边的声音越来越吵,而眼前的唐婉却越来越安静,安静得令我有些不安,就像她已经离开了我所属的这个空间,绽放在了某个亿万光年外的地点。

"这音乐不错哈。"片子快完了,导演布置了半天前戏,似乎是要弄个高潮出来,于是音乐也跟着情节磅礴起来。为了突出我作为音乐工作者那与众不同的欣赏角度,我说道。

"嗯,是挺好的。"唐婉道。

无话可说,为了让自己不要特别下不来台,我假模假式地跟着电影里的音乐晃了几下儿身子,僵住后,瘫在了座位里,像个生鸡蛋黄儿一样散开。为什么不管我做什么唐婉都如此冷漠?而且我觉得她越来越冷漠,甚至比我第一次见到她时更客气更疏远,更不拿我当回事儿不把我放在心上。

二十四

爱你的错觉

夏夜的空气傻热,街道却冰冷冷的。在回唐婉家的路上,马路上的一辆辆汽车都朝我眨着它们那一双双冰冷的眼睛。我彻底颓了,我可以肯定唐婉不爱我,什么也不是完全不喜欢我,全是扯淡。可好歹也是曾同眠共枕的人,难道真就是二马一错镫走几个回合都没戏吗?如果真烦我到如斯之境,那又何必赴约出来看电影?因为喜欢超人?不应该啊,多缺的一电影儿啊。

"唐老师,你是不是心里有人啊?就上回那哥们儿吧?"从复兴门往北拐了以后,我冷不丁地问。

"谁?"唐婉脸色一变。

"就那天在 MAO 碰上的那哥们儿,叫严霞是吧?你还给我们介绍来着。"和唐婉提起这个人,我觉得自己像个病态的受虐狂一样在追求自虐的快感。

"为什么这么说?"

"没为什么,就是问问。"

"不是。"唐婉的声音坚决。

"嗐,唐老师,没事儿,都这么熟了,咱们俩就聊聊……"我顿了一下,"那天我看你那眼神儿,我就知道了。"

"孙老师,你错了。"

"是吗?那就是我感觉错了吧,可我确实觉得你正爱着一人儿呢,不介意咱俩就聊聊呗,瞎聊。"我苦笑。

"我是爱上了一个人,但那个人不是你说的严霞。"安静了一会儿,唐婉说,"我爱上的是一个幻觉,那个人不存在,他看上去是某个样子……严霞的样子,但很遗憾,我确定我爱的那个人不是他。"

我特别讨厌爱上幻觉之类的这一套话,我想毫不留情地驳斥它,可话语刚一涌动,一切就都随着唾液被咽回肚里。无声的车里有些尴尬,我将车上的空调关小,以免自己被冷漠冻僵。

车停在小区口儿。

"谢谢你啦。"唐婉说着打开门下车,那马尾辫不知道在何时又散开了,头发散漫无力地随风摇曳。

"我送你进去吧。"我钻出车说。

"不用了,我自己进去就可以。"

"没事儿,又不远,这大黑天的,要是白天我真不送你。"我边说边锁车。

唐婉没再说什么,我颠了两步,和她并肩而行进入小区。

这个小区并没有因为唐婉的居住而变得神圣整洁,这是一个最传统的北京市居民聚集地,充斥着晚上闲得没事儿干穿着背心儿遛弯儿的老太太,还有野猫、自行车和垃圾。

唐婉与这里并不搭调,就像天使住在人间一般不协调。她的双手在身侧的空气中若无其事地摆动,就像美丽的鱼鳍在水中划动。我轻轻探臂握住了她的手,那五指的温度像她的面容一样温柔。仅有一秒,唐婉就自然地将手从我掌中抽出。夏夜无言,二人也是无语。

正在臆想,唐婉在一个其貌不扬的单元门口前停下。

"到了。"

"噢……"我也停住脚,"你住这儿啊?"我记下了楼号和单元号。

"对,谢谢你今天请我看电影了。"

"没事儿,不客气。"

"那……我就上去了。"

"等会儿。"我说。

"怎么?"

"嘻,其实也都说贫了,但还是想和你说一次,我爱上你了。"我说。

"孙老师……"

"你先听我说,我知道你不爱我,我知道你心里已经有人了。可这对我来说都不重要,或者说这和我爱你都不矛盾。唐老师,你可以继续过你想过的生活,爱你想爱的人。但请允许我爱你,允许我奢求你仍然把我看作朋友。任何时候,只要你一个微信,对,你都把我拉黑了,只要你一个电话,我就会在你身边,赴汤蹈火,行吗?"

唐婉低下头。

"当然了,也希望唐老师对我多监督多指导,你觉得我有什么不好的,你告诉我,我改。您先给我来一无期成吗?咱先别着急上来就判一死刑。"我僵硬地堆笑,像一个磨着大人给买玩具的孩子,"哪怕,就这样儿让我一人儿爱你一辈子,我也可以。"

唐婉不语。

"说实话,我原来真不知道什么叫爱,现在你让我知道了。"我说。

"孙老师,你真是很好的一个人,我很高兴认识你这个朋友。"唐婉说,"但,我劝你不要爱我。"

"别介啊,我也很高兴认识你啊,但是……"我嘴上有些磕巴。

"孙老师,你爱的真的不是我,你甚至都不了解我,咱们才见过几次?你只是把我想象成你以为的样子,你爱上的是那个你想象出来的我,可她,不是我。"唐婉说。

"唐老师,你干吗老说什么幻觉什么想象这套啊,我又不是严霞!"我声音大了。

"其实,什么又是爱情呢?严霞说过一句话我还挺同意的,没有谁离不开谁,只要你真的想离开我,我们就都解脱了。"唐婉打断我说。

"好吧，我明白你的意思，但他是他我是我。"

"孙老师，我想我们以后……或者，短时间内，不要再见面了。"

"别介啊……"

"抱歉。"唐婉打断我，又像"：）"表情一般笑了一下，"再见。"说着，她转身进入楼道，发丝顺势扬起。

出小区钻回车里，我利索得让人看不出一丝绝望。我靠在座椅背上，唐婉刚才的神情挥之不去，就像流动在湖面上的烟雾般萦绕在我眼前。到家后我的烦躁已呈几何级数增长，我抱起吉他，弹出的音符却只有愤乱。我随手拿起桌边记旋律的本子，发现上面写着的那句："自从我遇见你，便沉没在你的眼底。"我顺手继续写道："直到那天你说起，劝我别爱你。"

抱着吉他盯着本子呆了会儿，我掏出手机打给英子，约她河边老地方见。

二十五

和英子摊牌

在夜晚的时候，南护城河很像银河。沉沦的灯火伴随着往昔岁月游曳在河中，若出其里，令人心生感慨。我倚在南护城河边的栏杆上，注视着永定门桥下迤然而过的水波。唐婉的身影仿佛就在黑黝黝的涟漪中，那绝情的话在耳边不时响起。

"怎么着啊孙老师，俩人小电影儿看得怎么样啊？"在我抽第二根烟的时候，英子从二环附路的楼梯上走下来。

我不答话，递上一支烟。

"怎么了你又？气儿不顺？"英子将烟点上，"我听电话那边人家那声儿挺高兴的啊。我以为你们看电影儿看得倍儿爽呢。哪儿像我似的啊，这么不招人待见，自己在家从网上下片儿看。"

"你是不是有什么瞒着我呢？"我转过身去，双手搭在栏杆上。

"怎么了？"英子愣了一下。

"是不是吧？"

"没有。"

"那我怎么老觉得有什么不对劲啊？"

"有些话，也确实没法儿和你说……"隔了漫长的几秒，英子背靠到栏杆上，吐了口烟。

"我知道，你看着我这么一天天地越来越傻，是不是跟看耍猴儿似的，挺有劲的啊？"

"孙勃儿，你这么说话真没劲。"

"那你说什么有劲？什么叫确实没法儿和我说？"

"其实，也不能算是瞒着你。我也是最近几天响应您的号召，成天跟唐婉掏心窝子，才刚知道了一些事儿。但人家是拿我真当姐们儿了才跟我说的，我都答应人家不跟任何人说了。"英子面有难色。

"咱俩这么多年，我没什么瞒过你的吧？你有用我的时候儿，我哪回和你摇过头？"我仍然只是看着河水。

"不是这么回事儿，主要人家唐婉真是拿我当特好的姐们儿了，把心里话都跟我说了，而且你说我都答应她绝对不跟别人说了，我要再那什么……"英子躲开我的目光。

"藏着掖着是吧？"我哼了一声。

"勃子，你说咱们这帮人能从小玩儿到大，不就是因为都是仗义的人吗？我要答应你什么事儿不跟第二个人说，我就肯定照办。唐婉和我说那些事儿的时候，我就答应她这话绝对不跟第二个人说，这是人家私事儿，我点你到这儿都已经是够过分的了。"

"行吧，那我说吧。"我看着英子，"唐婉心里有人，对吧？"

英子愣了。

"对吧？"我问。

"对。"

"是你们学校的不是？"

"不是。"

"是玩儿音乐的吧？"

"是……"

"是那个叫严霞的对吧？"我说。

"你怎么知道的啊？"英子惊了。

"说说是怎么回事儿吧。"我态度好得不自然。

"好像是唐婉喜欢那人了，但那人就是玩儿她。"英子一脸惶恐，可能是我样子可怕、语气和蔼的原因。

"所以呢？"我微笑着。

"我都答应她不跟任何人说了……"

"少来这套。"我从衣服里翻出烟盒，拍了几下，发现是空的，"俩人儿睡过对吧？"

"好像，唐婉是让那人……让那人给骗上床了，她是第一次，但那个人挺混蛋的，就是想跟她那个。而且特混蛋，明说他就是玩儿玩儿让她别当真，但唐婉是真爱上那人了……"

我想打断英子，却除了用手拍着空烟盒什么都没说，我还想做一个微笑的表情证明我对这些都不在意，但最终只是咧了一下嘴，想必模样很狰狞。

"其实,和你想的不一样,唐婉确实是一挺好的女孩儿,真不是什么坏姑娘,可惜让人给骗了。孙勃儿,你放心,这个既然让别人喇过了,我再给你介绍新的……"

"你知道了为什么不跟我说?"

"我这不说了吗?……"

"我今儿不问你,你能和我说吗?看我这么天天嗅她特有劲是吧?你知道她心里早就有别人,你还告儿我她不是完全不喜欢我,让我接着追!把我往沟里带!"我突然打断英子大吼道,声音在安静的河边震耳欲聋。

"我不也才知道的吗?那你让我怎么着?给你打电话告儿你唐婉她就是一大喇,不是处儿,别再搭理她?是这意思吗?"英子听我吼完,先是愣了一下,接着也冲我吼道,声儿都劈了。

"对,你有理!你没错儿,你们谁都没错儿!就我一人儿让你们当猴儿耍。我这儿还跟人表白呢,我怎怎么傻啊?!"

"那我错了!都是我的错儿!你说怎么办吧,你抽我!"英子眼圈儿红了。

"我抽你有用吗!我现在是爱上她了你明白吗!英子,我爱上她了!完蛋了!爱情!是爱情!现在抽死你我也爱她,她是大喇我也爱她!都晚了!你现在说什么都晚了!全完了!我已经爱上她了你明白吗!"我吼道。

英子低头哭了。

"她是你姐们儿，拿你当好朋友，我就不是你哥们儿了？我就不是你朋友？我认识你时间长她认识你时间长？现在我成这傻样儿了我找谁去？她爱上别人了她就不是坏姑娘，我爱上她了我找谁去？真爱一辈子能有几回？你就说像我现在这样儿去爱一个人，我这辈子还能有几回？你们就这么把我当一个棋子儿给下出去了？你还让我抽你？抽死你我这辈子也不会再这么爱一个人了。"

"你别爱她不完了吗……"英子双肩颤动，低头道。

"我控制不了！能说不爱就不爱的那压根儿就不是爱情！"我吼道，这段日子积攒的千言万语妒火怨气仿佛决堤的洪水，"你现在告儿我！你不是仗义吗？你告儿我，现在我就爱她了！心里就没别人了！怎么办？我傻缺了，怎么办？"

"是唐婉跟我说的，她说爱情这东西只要谁都不提，自己调整好，等时间慢慢过去以后，就不会再爱那个人了。"英子抽泣道。

"放屁！你们现在谁都不提唐婉，我也还是爱她！你现在告儿我，怎么办！"

"我错了还不成吗？孙勃儿，我错了。我真不知道你有这么爱她，我从没见你这样儿过。"英子哽咽。

"我也没想爱她！"我吼完这一句后，突然觉得特别累，转身便走。

英子喊了我几声儿，我头都不带回的。

她跑过来拉住我的胳膊，我一把甩开了她，仍然头都不回。

她接着站在原地喊我的名字，我扬长而去。

二十六

天使在人间

　　和英子掰面儿后,当晚英子给我发了几个巨长的微信解释并致歉和安慰。其实我知道英子并不至于让我发怎么大的火儿,但那几个长微信中的每一个字都因为它们与唐婉的关联而变成了一把把刀子。所以这些微信我飞速地过了一眼,就把英子拉黑了。

　　烦,特别烦,我的心中混杂着暴戾与哀伤。除了刘柠那个活儿不得不露面儿外,没事儿我就在家趴窝离群寡居。到了刘甲棚里我也丧眉耷眼,在别人眼中我完全已经成了男版刘柠。

　　我谁都不想见不想理,只有酒喝得越来越多。虽然一个人喝闷酒令宿醉中惊醒的孤独感比平时突兀数倍,但我还是开始依赖酒精。如果没有麻醉,我完全无法面对那种绝望。就像是经历了一次审判,从今以后我将和我所爱的人居住于同一个城市却老死不相往来,罪名是爱情。

　　刘柠那两首歌儿弄完后她来棚里挑歌儿,我们互不理睬,对丧成趣。挑歌儿并不顺利,她说想找真诚些的歌儿,说我们写的歌儿口水。赵扬各种赔笑,生怕这肥活儿飞了,拍着自己胸膛说明天就去联系北京所有地下乐队问他们谁卖歌儿。

我当时就气不打一处来,问刘柠:"你在中国你弄 Radiohead 那样儿的东西谁听啊?歌儿不火是不是我们还得给你背锅?"刘柠听了没说话,当时整个录音棚的气氛都凝结了,赵扬朝我疯狂挤眼睛,我也没再说什么,推门走出录音棚。

赵扬追出来,各种安抚让我别把这活儿弄黄了。

"她一人儿起个艺术家范儿无所谓,嫌咱们的歌儿口水,那让她自己写去。"我没好气儿道。

"小点儿声,那怎么办?人家要文艺歌曲,真诚的。"赵扬道。

"我也没招儿。"我答道。

"那咱就写一个呗,我回去抄抄 Radiohead 的和声走向,你给写个驴唇不对马嘴的歌词。"

"我陪大便散步,尿却装糊涂,争渡争渡,痛至肛门深处。"我说。

"对对对!就这样儿的!"赵扬一脸狂喜。

"爱谁弄谁弄吧,我不弄。"说罢,我扬长而去。

我对周遭无比厌倦,烦,最好谁都别理我。我感到汹涌的徒劳,我是指这一切,从爱情到奔波,从酗酒到扒活儿。

这日正在浑噩,见屋子确已无处下脚,不得已百般厌烦地收拾屋子,却无意间又翻到了那个本儿。那一页写着一些旋律,还有一段话。"自从我遇见你,便沉没在你的眼底。直到那天你说起,劝我别爱你。"我看着这段话,从六月再次遇到唐婉以来的时日恍如隔世,登时灵感迸发,词曲一挥而就全无阻塞。

自从我遇见你
便沉没在你的眼底
直到那天你说起
劝我别爱你

可自从我遇见你
便已经爱上你
虽然你总对我说
离开就能解脱

可我舍不得放
虽然抓紧的只有绝望
我不想遗忘
虽然记住的全是悲伤
所有天使
都已经回到迷人的天堂
只有你

还在人间流浪

幻想能打动你
幻想着能和你在一起
直到时光匆匆流逝
才知道不现实

可虽然明知不现实
却还是找不到忘记你的方式
即使你总对我说
离开就能解脱

可我舍不得放
虽然抓紧的只有绝望
我不想遗忘
虽然记住的全是悲伤
所有天使
都已经回到迷人的天堂
只有你
还在人间流浪

飞快地，我将歌儿做成了DEMO，歌儿被我命名为《天使在人间》。我细心地缩混摆相位修唱，最终，当我在电脑里将它播放出来时，那种堵在心中的感觉好多了。这首歌儿将是我甜蜜的宝藏，除我外不会有任何人能听到。而这份感动，只属于我一个人。

二十七

刘柠选歌

最颓丧的一周熬了过去，我决定让自己振作起来。我重新开始梳妆打扮，用男士洗面奶洗了脸前往录音棚，惊讶地发现赵扬和QQ居然好了！太戏剧了！当我看到他们手拉着手出现在棚里时，我惊呆了。

其实如果不是为唐婉神魂颠倒，我想我早就能够发现。一个失恋王，一个小企宣，成天哪儿有怎么多话说？QQ没事儿还给赵扬从家带零食，怎么不给我带啊？这下儿明戏了，人家是谈恋爱了。Perfect！在我这个失恋的人面前肆意甜蜜温存吧！猥琐的长脖子兄弟，喜性的胖丫头，多么地般配！令刘甲这个半瓶子晃荡的录音棚如沐春风，令北京这样一个冬天冻死企鹅夏天热死骆驼的城市和谐舒适。再看看我啊，多么傻缺啊！

我觉得我真的神经不正常了，而接着比赵扬传奇爱情更令人意想不到的事儿发生了，刘柠看上了我写的那首歌儿，《天使在人间》。

赵扬那天告诉我的时候，我的惊讶程度绝对超过了看到他和 QQ 在棚里手拉手。

"她在哪儿听着这歌儿的啊？"我问赵扬。
"我在棚里放的时候儿听的啊。"赵扬道。
"你哪儿来的这歌儿啊？"
"你传我的啊，后来那天我拿到棚里放，她觉得不错，就说这首歌儿她可以用。哥们儿当时心里一块儿石头总算落地了，心说她要的文艺歌儿可算给找着了。"赵扬口气很轻松，"还是你牛啊。"
"我传你的？我什么时候传你的啊？！"我惊了。
"你一喝多了就给我打电话哭诉你的凄美爱情故事，然后让我上网收你的歌儿，你在网上给我传过来的，你是自己都忘了吗？喝断片儿了吧？"赵扬也惊了，"就这歌儿，你这一礼拜最少给我传过五回，大钱儿刘甲他们也都收过 N 回。你一喝多就让我们上网收歌儿，刚开始还以为你又写新的了，结果传来传去就这一个。"
"有这等事？"
"太有了，你还给我一句一句地讲歌词含义呢，什么沉没在她的眼底，是她的眼睛特别美，像湖泊一样清澈。哥们儿当时劝你半天，你忘啦？"
"不是吧！那你干吗给刘柠听啊？"
"我以为你给她听过了呢，你那天不跟我要她电话来着嘛。"
"有这事儿？我要她电话？"我又惊了。

"我去,你怎么成天断片儿啊。我也忘了哪天了,反正也是你喝多了跟我喷完的时候要的,我以为你是要给她听你的歌儿呢,我跟QQ说半天她才给的。反正你别管怎么着,这文艺歌儿算是踏实了,这是好事儿,这首歌儿的合同一签,这不就又能结账了吗?"赵扬乐了。

只能这么安慰自己了,什么都别想,踏踏实实多挣点儿钱吧。也别什么爱情的伤疤甜蜜的宝藏了,直接给人搭框子编曲。签合同,卖歌儿,攒钱。有了钱,我就换车,然后穿一身的名牌儿,真名牌儿!淘宝的A货和"动批"的尾单再也不穿了。接着我买他几万块钱的保健品,把我的气色吃好了吃精神了。待我意气风发羽扇纶巾,有的是美妞儿上赶着非要扒我裤子,怎么拦都拦不住。而且这首歌儿要是彭总真能给推火了,届时万人齐唱我的情书,也挺不错。

AB血型的人总是一会儿一主意。

这天晚上,大概九点多十点不到的样子。我和赵扬刘甲窝在棚里搭编曲的大框子,其实干活儿的就赵扬一人,我在边儿上指挥,刘甲在旁边玩儿手机。刘柠录完音出来,坐在调音台前听了一会儿,就轻轻起身准备回家了。

"孙勃。"刘柠叫我。

"啊?"我望向她,赵扬和刘甲都已经习惯了刘柠的脾气,头都没抬。

"我走了,你送我一下吧。《天使在人间》那首歌,我想再和你聊聊。"

"啊?成啊。"我还有点儿发蒙,身子却已经站了起来。

等我起来以后,才觉得有点儿不对劲,赵扬刘甲和QQ也停下手里的事儿看了过来,仿佛地震或洪水正扑面而来。

"送你上哪儿啊?"我有些不确定。

"回家。"刘柠冷冷道。

"行,那你们先盯着,我先送一趟刘柠,一会儿回来。"我转头对呆若木鸡的赵扬他们说道,摸了摸兜儿里的车钥匙迈步走向门口。

北京夏天的夜晚,天空中的灰暗几乎可以掩盖这城市中各种各样的情怀。在这晦涩的顶盖下,我车中的气氛有些像自然博物馆,一丝阴森一丝黯然,我的表情像标本般毫无生机。

"你住哪儿啊?"我像一个黑车司机一样问道。

"后现代城。"

没话了一会儿。

"你那天能给我打电话说那些话,我挺高兴的。你那首歌写得很真挚,我挺喜欢的。"刘柠说。

"哪首啊?"

"《天使在人间》。"

"是吗,那太好了。"

"你好点儿了吗?"开到大望桥的时候,刘柠问我。

"啊？什么好点儿了？"

"和唐婉啊，你当时电话里说你不想活了，挺吓人的。"

"你怎么知道唐婉的？"我掩饰住惊讶，歪头看向刘柠。

"你电话里跟我说的都是她啊！你不记得了？"

我喝多了都说了些什么？想到这儿，我的脑门儿上沁出点点冷汗。

"记得，我能不记得吗？"我顿了一下说。

"每个人都会有这样的一段经历，经过之后，你也就更加成熟了。《天使在人间》确实是一首很真挚的歌曲，写给自己爱的人，很感人。"刘柠道。

"真不是写给她的啊。"我矢口否认。

"你之前电话里和我说过是写给她的啊。"刘柠道。

"嗐，反正也结束了，人家看不上我，那就算了，人微信都把我拉黑了，没有上赶的买卖，哥们儿撤了。"我说，却看到反光镜中的我脸色难看惨淡。这是怎么了？我的心又被谁猛地揪了一下。我怎么还是忘不了唐婉？而且这感觉，仿佛这数日不提不见，我反而爱她爱得更深了。

二十八

爱的幻觉

我把车一直开到后现代城刘柠家楼下,车停下后刘柠没有立刻下车,我们坐在车上又聊了良久,像认识多年的知心老友。车外的热风刮来一股杨树的味道,车旁不时走过一些呆板的人以及他们呆板的伴侣和宠物。几片云彩在混浊的天空中游荡着,而我,则抑扬顿挫地倾诉与唐婉从相识到此时此刻的伤感故事,叙述生动而复杂,起承转合字正腔圆表情丰富,穿插一些引经据典的名人名言,就跟练过一样。刘柠在一旁不时提问和发表议论,显而易见,这令我越说越起劲。

除了隐去与唐婉有过床笫之事,我从头到尾叙述了整个曲折的故事,连二一四和三肥都说了。讲完后,我额头冒汗喉咙仿如火燎,但我一点儿都不觉得累不觉得渴。相反,我觉得心里堵着的地方好像都通顺了,尤其是在着重控诉了严霞的混蛋人品及他喜欢玩弄无知少女感情的习惯之后。

"我真是掏心掏肺对她,她却对我怎么冷漠。"我说。

"这恰恰可以说明她是一个好女孩,她不想看你越陷越深。如果她明知自己不爱你,还不对你冷漠,给你热情的假象,让你觉得你有机会,那才是害你。她那种坚决明朗的态度倒说明她是个善良的女孩。"刘柠道。

"那你说她干吗还和我看电影儿什么的?"

"也许她心里也是真的想忘记那个人吧。"

听到这儿,我的心又被猛揪了一下。

"你现在爱着那个女孩,你觉得你此时还会接受别人吗?"

我无言以对。

"其实,你真的了解她吗?让你痛苦的是爱情,还是求而不得的挫败感?"刘柠的话像把刀子。

"她也说我并不了解她,说我爱上的不是她,是我想象出来的一个幻觉。"

"我觉得她说得还挺对的。"

"我不这么觉得,我觉得我就是爱她这个人。"

"但爱上一个幻觉也挺好的,只要是真心地去爱了,哪怕是幻觉,也很美,很浪漫,每个人都需要他的幻觉。"刘柠说。

"我觉得你挺浪漫的,每个人都需要他的幻觉,像句好歌词,唉!"我苦笑道。

我爱的是唐婉,是她的眼睛,她的心,她的灵魂,甚至她的罪恶。

这所有真切的痛苦、如火如荼的思念怎么可能是幻觉?

  我们聊到快凌晨两点,其间刘甲给我打了一个电话,我没接给按了。在告别的时候,我的样子极轻松,一派如释重负的姿态。刘柠下车的时候温和地说了声"再见",那一刻她的瞳仁深处仿佛溢出了些浓重的色彩,不禁让我有些感动。她没走多远我朝她喊:"你是真没微信吗?还是就是不想加我们?"刘柠愣了一下笑道"我不玩那些",说罢娉婷而去。

  我驱车驶离刘柠家后仍感觉很恍神,我怎么就和丧气刘柠走了个心?太怪了,这无异于和动物园里的河马掏心掏肺的感觉。而且她的形象竟如此温暖,在她的目光下我居然没有身中寒冰神掌的感觉。尤其是平日看她冷傲惯了,所以这种亲和才极其诡异。那是一种难以名状的矛盾气场,那天她捧着那只奄奄一息的猫时的温柔,和她在录音棚里的满脸冰霜,究竟哪个才是伪装?

  正往家开着,电话又响了,还是刘甲。我接通电话,刘甲在电话里声音呜咽,说小乐要和他分手。我说:"你们不是交订金要结婚了吗?"刘甲哭着说:"大哥,那叫彩礼不叫订金。唉呀,不想活了,我该怎么办啊?"我说:"好好好,我现在过去。"

二十九

不再爱的决定

那天我和赵扬陪刘甲喝了一夜,刘甲哭丧着脸抽泣,来来回回无非就是"我都不知道怎么办好了"和"我不想活了"这两句。在了解大概经过后,我破口大骂女子与小人难养,顺便又把自己的真爱奔流入海不复还讲了一遍。赵扬也义愤填膺,把他从小到大被各种女孩女人拒绝的故事痛陈一遍。最后刘甲在我们的带动下振作了起来,把小乐从头到脚骂了个遍,连高中时候没借他抄作业到买包子比他多吃了一个都说了。末了,我们三人一同盟誓从此与小乐及其家人势不两立,就好像小乐答应嫁给我们仨又都悔了我们仨的婚约一样。

第二天醒来,顶着头痛在床上翻滚,掏出手机看到英子发来了一条超长短信。我扫了一眼,回了一个字,"唉"。短信刚发过去,英子就立即打电话过来,我任它响了一会儿,就接了。英子语气平和地问我现在在哪儿,叫我出去聊聊,仿佛什么都没发生过。我也倍儿冷静,说"就老地方吧"。

晚上,我和英子并排坐在永定门桥下护城河边儿的草地上。迤然而过的河水仍然漆黑如同夜色,涟漪中几许皱巴巴的灯火发出暗淡的光。夜色沉静,我们俩人就坐在那儿抽烟不说话。良久,英子才打破沉默,自顾自地讲起了她高中时单恋的那个男孩。我记得那个男孩,他把英子甩了,我和赵扬找了帮人去打了他一顿。英子说其实整个高中三年都一直忘不了他,有时候天天晚上做梦梦见他,给他发短信 QQ 留言也从来不回,后来也不知道怎么的,这男的又联系她了,而她却没了当时的那种感觉。

"当年我是那么地在乎他,在乎他的一切,给他干什么都成。可现在想起来,我却觉得特别可笑,甚至荒诞。那个疯了一样在乎他的人,现在想想,简直根本就不是我。那些他给我回的短信,那些敷衍我的就一两个字儿的短信,我曾经当宝贝一样存着,可现在我想知道我是什么时候儿删的,都想不起来了。突如其来,那感觉就过去了。"

我无言。

"你说我这叫爱情吗?"英子看着眼前的长河说。

"不算吧?"

"也是,从头到尾我也没对他说过我爱他,我说的都是我喜欢他。"

"嗯,一般都这样儿。在那个年纪,爱总是被我们说成喜欢。"

"说实话，其实我当时把唐婉介绍给你，没想到会弄成这样儿。我以为你真的什么都不吝呢，因为我知道那姐们儿谁追拒谁……我承认，我当时是有点儿看热闹的心理，可我真的没想到，你会有这么大的反应……"英子脸上有一丝愧意，"真的，我没想到你会爱上她，这么爱……"

"你还挺仗义。"

"哥我错了，但她当时确实是单身，这点我没蒙你。而且她跟那人上过床的事儿，我真是那几天才知道的，之前给你介绍她的时候我真以为她是处儿。"

"嗯，你现在就好好劝她，让她和她的爱人相亲相爱吧。"我表情淡然。

"没这可能啦，我跟唐婉也掰面儿了，不联系了。"英子说。

"怎么了你们？"

"其实你跟我翻儿了以后，第二天我就找唐婉去了，跟她挑明了，直接当着她的面儿问她到底想怎么着，结果……"

"结果什么？"

"结果她跟我说……"

"说什么啊？"

英子不答。

"说什么啊到底？你说个话怎么这么费劲啊？"

"我跟她说，你是特别好的一个人，又这么爱她，她如果错过你，以后肯定会后悔。"

"我问的是结果她说什么!"

"结果她说……她觉得她一辈子都不会爱上你。我一下儿就火了,我跟她说,你要不和孙勃儿好,那从今天起咱俩彻底掰面儿……"

我用力地吐了口痰,感觉到什么正涌上心头,而面对那股上涌的东西,我展现出一种近乎病态的泰然自若,就像是平静面对电椅或别的什么死刑工具的心情。

"一辈子是吗?你也是,你跟人唐婉急得着吗?"我说。

"孙勃儿,要不然……你还是忘了她吧,我以后再给你介绍更好的。"

我低下头。

"她不是我最初给你介绍的那个唐婉,你爱上的,只是一个假象,一个幻觉……其实唐婉本人,可能没你想象的那么好……"

"每个人都需要他的幻觉。"我用刘柠的句式自言自语道。

"去你大爷的!"良久无语,英子站起来朝天空喊道。

"你疯啦?"我又点上一支烟,慢悠悠地说。

"你试试,这样儿挺舒服的,比憋着强。"

"世情薄,人情恶。"我喊道。

"真做诗啊?"英子道。

"山盟虽在,锦书难托!"

"算啦算啦,诶,微信给我加回来呗。"英子走过来拍了拍我的肩膀。

"加，走吧。"我将烟蒂一指弹飞。

唐婉，我承认我仍然爱你爱入膏肓，你是我的绝症，你的笑容已经像癌细胞一样在我身体里扩散了。但现在逻辑通顺了，既然你已经说了一辈子都不会爱上我，那么我也决定从明天起不再爱你了。这次是真的，我将不再对你有兴趣，我将不再理会你，不再给你发短信不再给你打电话不再思念你不再爱你。

最后再朝我笑一下吧，在明天的太阳升起之前我仍然爱你，所以——哪怕是你应付我，应付这冷漠世界里最爱你的人的，毫无温度的笑容。

就像那个表情符号儿。

:）

三十

唐婉的堕落

　　立誓不爱唐婉并和英子重归于好后，我渐渐恢复了些人样儿。难以避免地，我仍会不时想起唐婉，但在那身影仿佛婀娜于天花板上时我真的没那么心如刀割了。深吸口气沉至丹田，坐于电脑前回首前尘，不禁颇有些劫后余生的侥幸感。

　　混噩数日后，夜叉乐队的胡松打电话给我，说晚上在愚公移山他们乐队的新 EP 首发演出，让我没事儿过去玩儿。我正准备积极投入新生活，让生命充满五光十色的文娱内容，又是胡松特意打的电话，便应了下来。胡松说会在门口留我的名字，让我晚上直接去就行。

　　我觉得一个人过去有些干，挂了电话问了一圈儿人，赵扬刘甲全有事儿。就在那么一瞬间，我萌生了约刘柠的想法，这个念头令我自己都无比错愕。我对自己说，你是傻吗？她虽然貌美，但在她家楼下聊聊爱情还行，别的时候招柠姐，那臭脸，那寒冰神掌，你是自找不痛快吗？

独自到达愚公移山时灯火已然通明，暖场乐队正在酣唱。我在门口报大名步入场地，看着红男绿女摇滚青年们，眼前浮起和唐婉在愚公移山见面后的那次云雨，恍如隔世。

晃了一圈儿和些半生不熟的老人儿打招呼，看年轻的支持者汗水淋漓。这过程中我非常认真地试图听懂暖场乐队主唱唱的是哪国语言，后来觉得难度太高放弃了。场内温度颇高，很快我就四脖子汗流[1]。我挤出人群想买个啤酒解渴，走到吧台却看到胡松正靠在那里。我过去和他打招呼，买了酒与他神侃起来。

"据说上世纪九十年代初中国摇滚盛世的时候儿，一办演出全北京最尖的妞儿全往里扎，这好时候儿全没让咱们赶上啊，你瞅瞅现在这果儿都苍成什么样儿了，我化妆成女的都比她们强。"眼前走过一个妆容浓艳五官分布出人意料的女子，我不禁感叹。

"是啊，现在尖的都傍大款去了，谁还听摇滚啊。"胡松也叹道。

"就是啊，你瞅瞅现在这些个看演出的妞儿，就这位。"我朝刚才走过的那妞儿一努嘴，"说她长得鬼斧神工甚至惊天地泣鬼神也不为过。"

"世风日下，大家都越来越素啦。"

"稍微五官端正点儿的也都是熟张儿，全是那些老人儿带着呢，想戏也没得戏啊，最近就没什么新张儿？"我笑着拿起手中的啤酒和胡松的酒碰了一下。

"有一个新张儿，挺尖的，你等会儿啊，我找找。"胡松说着

---

1 北京方言，意思是出汗多。

向人群中望去,接着用头一点,"靠着沙发的那个,你看看行吗?"

我顺着他指的方向看去,赫然看到那立于沙发前的身影竟是唐婉。这突如其来的重逢呼啸而来直抵心房,而轻施粉黛衣衫依旧的她,正任一个梳着脏辫儿穿着肥大军绿色裤子的邋遢男人搂着,肆无忌惮地亲着她的脸颊。

在我看到唐婉那空洞的双眼仍然散发出纯洁与无邪的一刹那,我像被一辆疾驰的大卡车迎头撞上,脏腑灰飞烟灭血液四散泼洒。在躯体僵直的瞬间我发现我是如此地爱唐婉,无比地爱,前世今生前所未有地爱。

"你眼神儿都直啦?这个新张儿尖吧?"胡松一拍我笑道。

"是不错,尖。"我极艰难地笑着,"这妞儿是什么路子?那男的谁啊?"

"'腹股沟'乐队的老陈,你忘啦?原来咱们还一块儿演出过。这女孩儿好像就是一学生,是让'半减七'那个严霞带进乐队圈儿的,后来好像是让严霞给甩了,说是让严霞给伤了,然后就疯了,各乐队的各种人一通趁虚而入。这女孩儿不能喝还非喝,喝大了就倒,好多人都带她回过家了。现在这女孩儿有点儿变本加厉,破罐儿破摔了。各种东西都玩儿,玩儿得巨凶。"

"什么各种东西?"我觉得我冰冷的躯体已变成了空壳,灵魂早已不知去处。

"除了海洛因全沾了呗。本来要搁别人也没事儿,前一阵儿让那DJ老万灌高了带家去了,夜店圈儿的那帮人可就不一样了,你想老万是一多脏的人,从此这丫头就五毒俱全了,唉,可惜啊……"胡松说。

"你收过她了吗?"我可怕地笑了,心如死灰。

"我没收,我们乐队吉他手收了一下儿,说这小姑娘虽然漂亮但床上表现不好,一点儿都不配合,连叫床都不叫。"

"是吗,牛啊。"

"反正你要是不嫌刷锅,你可以一会儿趁老陈上台的时候去招招,我觉得应该挺好上手儿的。"胡松笑道。

之后胡松说了什么我皆左耳进右耳出浑然不知所谓,我侧着身低着头,仿佛做了什么亏心事儿怕被谁发现似的。没过多会儿,胡松说要准备上台转身离去,我微笑致意说好好演我在台下给你叫好儿,在静待他走远后我立即拔腿就往愚公移山门外走。

我是真的落荒而逃,我察觉到身后轰鸣的音乐倾压而至,正如我意识到心中那会令我死无葬身之地的痛苦正山雨欲来。失魂落魄,两眼如盲,我拼命呼吸拼命让自己集中意识,周遭却只有湮灭崩塌。我仅存的逻辑能力令我知道我正体会着爱情的另一种力量,那是爱情之力的黑暗面,它给人带来一种由内而外的摧毁,一种由拥有到虚无的幻灭。事实上,我现在就渴望天空中飞来一把巨大的菜刀将我剁个粉碎,渣儿都不剩。

三十一

丧与宿醉

死水一样的天空中斜阳一抹,我双手扶着方向盘赖在驾驶座上,油门踩在脚下如同泥泞,车窗外的景物徐徐而退。刚掏出烟叼上,手机响了,是赵扬。

"外。"我接起电话。

"孙勃你大爷,你不等我啦!"赵扬气急败坏的声音。

"怎么了?噢,对了!"我猛地想起,刚才和赵扬一起吃完饭,让他帮我看着倒车,倒出来以后我直接一脚油门就走了,"你还没上车呢哈,嘿,我给忘了!"

"你最近脑子都想什么呢?赶紧的,倒回来。"赵扬在电话里喊。

"倒不回去了,我停路边了,你赶紧过来吧。"我说罢挂了电话,将车停在路边。

反光镜里的赵扬屁颠屁颠地由小变大,一拉开车门就笑嚷道:

"你太孙子了,我当你跟我逗呢,谁知道真开走了。我在后头狂喊你,一边儿招手一边儿追车,跟大傻子似的,路边儿老太太直朝我乐。"

"我刚才有点儿走神,有一句歌词儿卡住了,死活想不起来。"我凄然一笑。

"你是想歌词儿呢吗?你要想歌词儿就好了!我看你最近要死要活这丧劲儿,能是想歌词儿呢?"赵扬说着,突然手机响了。他拿出来一看,朝我小声说了一句"是上回那个祥子",就接起了电话一通嘟囔。

"怎么着啊?"我问挂了电话的赵扬。

"我跟他说五万一个大包,词曲编录缩,给他返五千。他说钱不是问题,那边儿也是公司给掏钱,就是问能不能先做个小样儿让那边儿听听。我说肯定不成啊,我们是当红歌曲《除了我你还爱谁》的金牌制作人,做完了那边儿要是不要我们不白弄了?我跟他说要弄个小样儿也成,先给五千劳务费。我们做一个歌曲的大概意思,听完要成,再接着谈;要不成,订金也不退了。"赵扬一边往屁兜儿里塞手机一边说。

"别这么说啊!"我眉头微蹙,"你现在也别打了,一会儿你给祥子再打一电话,你就说,是你的朋友怎么都好说,做完要是那边儿不要的话,帮朋友一个忙儿也没什么。五千订金他要再提,你就说,那你留着花就成了。他实在不要,咱们就请他吃个饭什么的。"

"好吧。"赵扬一脸茫然。

"马屁拍了吗？"

"拍了啊！就差给他跪下了！"

"你啊，有时候马屁拍的地儿不对，话太甜就齁儿嗓子了。祥子那种假正经的人骨子里都特自卑，你拍得太猛了他甚至会觉得你挤对他。"

"那怎么办啊？我是到不了您的造诣，但您这成天找不着人，那可不就得我来吗？"

"祥子这人必然得拉在手里，他跟很多公司的制作部还有版权部的关系都特好，收歌儿的时候能想着咱们，咱们就踏实了。"我不接赵扬的茬。

"嗯，成，绷一会儿我再给他打。"

"嗯，对假正经拍马屁作用都不大，他们就要实在的，必要的时候可以给他多提点儿。"

"还有，上回那个台里晚会的歌儿他们说歌词儿不成，要不你抽空给改改？"赵扬犹豫了一会儿，问我。

"怎么还不成啊？都改三回了，他们还嫌不够歌舞升平啊？"

"嘻，人家掏钱就听人家的，这不你和我说的吗？台里的人咱们也别得罪，你要没工夫儿弄要不我改？"

"那你弄吧。"

"过几天刘柠那活儿要录真乐器了，是你找人还是我找人？"

"你找吧，别给太多，一人儿五百。"

"少点儿吧？现在没这价儿了。"赵扬问。

"废话，都给出去咱俩挣什么啊？"

"那要不这样儿吧，我觉得鼓和贝司都用 MIDI 就成，吉他录一真的吧？"赵扬道。

"别录真吉他了，现在有几个假吉他插件声儿特真。"

"全用假的，会不会显得没档次啊？动态不灵吧，别回头老彭不干。"

"假的我都觉得没必要，我现在特烦吉他声儿。"我面无人色。

"怎么了？"

"没怎么，穷玩儿车富玩儿表，傻缺背琴满街跑，我一看他们弹吉他的就烦。"

"得，那就用假吉他。"

"把吉他轨都删了吧。"

"啊？那编曲太空了吧……"

"我就一说，你该用什么用什么吧。"

"我觉得你最近状态不对劲。"赵扬道。

"怎么不对了？"

"打蔫儿，而且特别丧，神情恍惚，你瞅你这气色，脑门儿上几个大字，凄凄惨惨戚戚，直接可以 cosplay 李清照了。"

"我怎么觉得还成啊？"我佯装不知地朝反光镜照了几下。

"你自己再好好儿照照，你瞅瞅你那黑眼圈儿。是不是还是因为那妞儿？既然你都说放弃了，那就别再想啦。"

"跟她没关系。"

"那就好。"赵扬看着车外答道，没再说什么。

从愚公移山的夜叉 EP 首发式夺门而出后已经过了多日，我仍是正常地为了营生而奔波。纯从表面来说，我的嘴脸依旧，贩金卖锦争名夺利，仿佛对心中那份令我崩溃的感情真的无所谓甚至超脱了。抑或，我仍自欺地认为唐婉还是我爱上她时那北工大校门前晶莹剔透的样子。

当然，这种无谓也可以理解为雄性可笑的自尊心，我不想让任何人察觉我的失态，我不愿意承认我那完美的艺术品已经被摇滚圈儿那帮粗鄙的匹夫们糟蹋得支离破碎。而最好的掩饰，就是假装一切从未发生过。

我开始难以入睡，第一次就是那天从愚公移山回来的晚上。午夜时分，大夏天的，我生生浑身冰凉地惊醒，就像刚让人从冰窟窿里捞出来一样。四周漆黑凌乱，窗外月色如雪，而我，则脆弱而又做作。我想打电话给唐婉，我想发短信给她。我想告诉她，不要再任人随便伤害她；我想告诉她，她的一举一动都牵动着我的一切；我想告诉她，她空洞的目光已令我的世界分崩离析戛然而止；我想告诉她，我爱她。

用最肮脏的语言痛斥命运、用最卑劣下流的市井词汇诅咒每一个伤害过唐婉的傻缺，这很快变成了我生活中如刷牙洗脸般的习惯。怨毒令我不思茶饭食欲性欲皆无，甚至连排泄的欲望都没有了。我失去了晨勃，我看到肉类和油炸食品就反胃，我五天一大便三天一小便，尿比染料还黄艳，屎比砖头还糙硬。

为了维系生命，每天我的耳边都是 U2 的 *With Or Without You*，音符熙攘中，手里永远是一本《了不起的盖茨比》。我的精神状态终日处于午夜两点半，我的黑眼圈儿如同爱情的伤疤。白天恍惚半夜辗转，只要躺在床上闭上眼，那种介乎幻灯片和升格电影镜头之间的画面就出现了。唐婉就那么坐在那儿，周围的景物难以辨别。她把她松针般散落的头发轻轻拂起，一帧一帧一生一生一世一世地拂起，梳成一个漂亮得如同美人鱼尾巴般的马尾辫。而接着，一双双突如其来的粗糙大毛手将她撕扯成碎片。

宿醉是唯一一件能让人忘记忧愁的事情。虽然酗酒后我会觉得胸闷、喘不过气，但只有喝大了，我才可以将唐婉抱紧；只有和自己干杯，唐婉才仍是冰清玉洁的样子。确实，这些天来我总在喝酒。一次喝醉后我打给英子，大着舌头问最近和唐婉有联系没有、她怎么样，她说没联系并问我怎么了，我说没事儿。还有几次我打给赵扬和大钱儿，翻着白眼儿和他们聊高中时那些胡作非为的日子。

在所有这些醉酒的电话中，我打给刘柠的电话总是说得很长，她的声音不需歌唱就美到可以疗伤。我们的谈话内容无非就是我的爱情，只是关于唐婉如何成了身陷摇滚圈儿的果儿我绝口不提，我一再提起的，是声称我已认命准备重新找回自己。我记得我像强迫症一般说我放弃了，我还对刘柠不停地说，我是傻缺。

三十二

不聊爱情

酒精和爱情令我陷入一种执着，在这种顽固的脆弱情怀中我与自己不停地讨论爱情，结果也无非是徒增烦恼、浪费唾沫。因为没人能给我解释我为什么爱唐婉，爱那个已经不纯洁，随便和人睡，一辈子不爱我的唐婉，就像没人知道中年男人亨伯特为什么爱洛丽塔，克洛德·弗罗洛副主教为什么爱艾斯美拉达，贾瑞为什么能为了王熙凤活活儿把自己手淫死。对，尤其是贾瑞，所有男性读者都应该知道从技术角度来说这样自杀的难度有多高！

算了，不聊爱情。

这日，我和赵扬又陪被悔婚的刘甲喝大酒骂小乐，一夜都没睡好，醒了已是下午。洗脸时亚西打来电话发了我们一个活儿，让我们去他的棚。我车限行，约上赵扬来接我，碰面后坐着他的破夏利前往珠江绿洲。车中二人都很丧,我近日皆一脸阴郁自不必说,赵扬电话里跟 QQ 吵了一路也没好脸。赵扬打完电话,我们一张嘴就突然聊到美韵和制 A。我拿起电话给制 A 打电话,还是打了 N 个都不接,就发了个短信:"制 A 老师,我们剩下的账什么时候结啊?哈哈。"过了十分钟制 A 回信:"最近都不在北京,等我回了北京就帮你们办,:)"我和赵扬看到短信后大骂其傻缺,装什么孙子。正在骂的时候,赵扬并线的时候别了一辆雅绅特一下,那车上的人开了车门,站马路上指着我们的车屁股大声叫骂,内容无非就是问候各种长辈以及人体器官这类的话。赵扬还没做出任何反应,而且是刹车都没踩的情况下,我已经推开车门冲出去了。

"你骂谁呢你?"我飞跃上前,一脸横肉贴着他的脸道。
"我又没骂你。"傻缺道。

空气定住了,那是一种突如其来的诙谐所带来的奇特宁静。

正愣神儿,这人转身拿出手机,按了几下放在耳边。
"叫人是吧?"我语气冷静地从牙缝里迸出几个字,像极一个阴险的反面人物。我摸了下兜儿,发现手机在赵扬车里充电,这时只听背后一声大喊:"去你的!"
我吓了一跳,侧身一看,只见赵扬凶神恶煞般歇斯底里地拿着方向盘锁冲了过来,那长脖子上的奇异表情令他像一匹在发情期因为找不到交配对象而恼羞成怒的雄性长颈鹿。我想笑又觉得不能令自己失去此时凶狠的气势,就这么一愣的工夫,再一回头儿,就只看见那孙子的后背了。我伸手一把抓过去,想揪住他的后脖领子,却抓了个空。孙子跑得太快了,屁股底下最少得有四条腿,都出虚影儿了。我放弃了追赶,因为我看着那背影很冷静地判断出,就算我高中一千米跑三分半的时候也追不上步履如飞的他。

赵扬挥舞着方向盘锁还要追,被我一把抱住。我回头看了一眼四周,唯一的一条机动车道已被我们堵住,四周如雨后春笋般涌现出大量看热闹的行人。我立即柔声说,现在目击者太多,追上了真要打,上《法制进行时》是肯定没跑儿了,咱们身为知名音乐人,犯不上;再说了,亚西在棚里等着呢,别耽误咱们挣钱。赵扬听后骂了几句,和我姿态高傲地回到车里。车驶离时我张望了一下,骂我们那司机早已无踪,看来是活得挺仔细挺爱惜自己的一人,车都不要了,倒是真能分清生命安全与物质财产孰轻孰重,知道钱财乃身外之物,有大智慧,值得我们学习。

到了亚西在广院对面儿的棚里后,我们一直等亚西到十点,他都没出现,其间打电话不接发短信不回。对于他的不靠谱儿整个行业内都很习惯了,我们也没什么可说的。在对他们公司的员工说了许多赞美亚西的话之后,我们愤愤地驶回刘甲的棚,归途中骂了亚西整整一路,白折腾一趟干等四个小时还有被那个司机惹出的邪火,全转化成了对亚西的人身攻击。

三十三

照常生活

之后几天每天都在棚里录刘柠的专辑,而收工后送她回家也变得顺理成章。一路上,与她推心置腹渐成常态,而话题,有时也会跳出爱情。说实话,有个美人儿可以诉苦,心里确实没那么堵了。看着刘柠收起寒冷目光的小俏脸,听着那柔软的声音,像老北京人吃着焦圈儿就着豆汁儿一样惬意。

就这么过了数日,这天下午我和赵扬一起来到刘甲的棚里,却看到桌上一包糖果,包装上赫然写着一个"喜"字。

"这是什么路子?你们家谁结婚了?"赵扬问刘甲。

"没有,我和小乐领证儿了,年底办事儿,先买点儿喜糖大家沾沾喜气。"刘甲笑道。

"你没事儿吧?"我说。

"是啊,咱不已经和小乐掰了吗?"赵扬道。

"已经和好啦,托大家的福。"刘甲赔笑道。

"不是，那你这几天折腾谁呢？"我说。

"就是啊，我们这些天天天陪你骂谁呢？"赵扬道。

"嘁，这不就是爱情吗？你不懂，孙勃儿懂，你问他。"刘甲道。

"去你大爷的，我告儿你你的事儿我要再管我都不姓孙。"我说。

三点多的时候，刘柠来棚里录《天使在人间》的人声，鉴于我一下午都没给刘甲好脸，所以他工作格外认真。快完活儿时，大钱儿打来电话，说是骑自行车绕三环绕累了正在双井，也要过来和我们混混。他到了以后，我和赵扬就逼问他郝哥那边儿为什么没信儿了。大钱儿拍胸脯说尽在掌握，众人一片插科打诨，嬉笑怒骂。

"刘老师唱得真不错，年轻有为，年轻有为啊。"刘柠推开收音间的门走出来，大钱赶忙拍马屁道。

刘柠目露寒光看了大钱儿一眼，什么都没说就坐到沙发上。屋内气氛立时僵了，QQ赶紧走过来打圆场，说大家辛苦了，想吃什么她来叫外卖。

"是啊，真不错，我本来没觉得孙勃写的这歌儿怎么着，一听刘柠唱立马儿觉得这歌儿能火！"刘甲赔笑道。

"没有没有，主要还是刘哥录得好，赵哥监棚监得好。"我也觉得大钱儿面子上挂不住，帮着打岔。

"哪儿啊，真是孙老师歌儿写得好，再加上人刘老师唱得好。"赵扬笑道。

"对对对，孙老师歌儿写得好，刘老师唱歌更好。"QQ道。

"是啊,男才女貌,男才女貌啊。"大钱咧嘴跟着一块儿起哄。

此话一出,屋里的空气顿时凝固了,眼瞅着刘柠的脸瞬间就拉下来了,一股彻骨寒气霎时弥漫录音棚。QQ张开嘴要圆场,刘柠已经站起来,毫无预兆地夺门离去。

众人面面相觑,大钱笑容还僵在五官上,一脸放屁迸出屎般的尴尬。

"要不你瞅一眼去?"赵扬看了一眼QQ。

"这我怎么去啊,这不往枪口上撞吗?"QQ也不乐意道。

"你就成天给我找事儿吧。"我朝大钱儿甩了一句,推门追了出去。

踏出单元门,黄昏正缱绻。我追上刘柠,嬉皮笑脸地说:

"怎么了刘老师?"

"我先回去了。"刘柠看了我一眼,面无表情,脚步未停。

"别介啊,你说你这是跟谁啊?"

刘柠不答。

"人不就是开一玩笑吗?话赶话就说到那儿了,其实就一贫,没别的意思。"

"我要走跟别人说什么没关系。"

"那是谁又招你了?你说出来咱大板儿砖拍他。"我笑道。

"没有谁招我,今天的工作结束了,我想早点儿回去休息。"刘柠站住脚,黑眸盯着我。

"那你等我会儿，我去跟他们交接一下儿送你回家。"

"不用了，今天我自己回去。"

"那什么……我这不还说，再跟你探讨探讨人生爱情什么的吗？"

"改天吧。"刘柠五官冰冷。

"那你消消气成不成，你说……"

"我没生气，谢谢。"刘柠打断我。

我没话了。刘柠就那么看着我，什么都不说。有那么一瞬，我真得觉得我们俩就像一对吵架的街边情侣一样。路上一些行人也纷纷侧目，惊讶于刘柠的顾盼生辉与我不协调的奇怪表情。过了几秒，刘柠轻轻地避开我的眼神，说了声"再见"，转身离去。我仍站在原地，双目中满是夕阳投射在刘柠身上映出的剪影。

刘柠打车离去的整个过程中都没再看我一眼，我就那么站在原地目送她，直到她所乘的出租车在我眼中消失后，我才转身走回小区。推门进入录音棚，众人一脸期待，只有大钱儿盯着地面，双臂交叉于胸前。

"怎么样了？"QQ问。

"也撅我一顿呗。"我答道，窝到沙发里。

"今儿你没送人家啊？"赵扬坏笑着说。

"送你大爷。"我说。

"我觉得有戏，要不你努把力，哥儿几个这活儿都轻省了。"

刘甲在一旁帮腔道。

"要努你努吧。"我说。

"成啊,那我可和你说了啊,我就先追了啊。"刘甲笑道。

"轮也轮不着你,人彭总还没发话呢,要潜也是人家先潜。"我说。

"去去去,你们别老胡说,刘柠和彭总都不是那样的人。"QQ道。

"就是的,你们这些脏心烂肺的。"赵扬妇唱夫随。

"现在的小艺人都要疯了,我这么大腕儿当着我的面儿就敢跟我甩脸,她也不问问,我给你们发活儿的时候她初潮还没来呢!"大钱儿见没人理他,不忿道。

"那是,钱哥您也息息怒,她小孩子家孤陋寡闻,不知道您在中国摇滚乐乃至中国原创音乐历史上的重要位置。"我朝赵扬递个眼色。

"就是,钱哥这样儿里程碑式的人物,她一个新人当然不了解了。"赵扬道。

"肯定的啊,钱哥纵横京城摇滚圈儿十余年,对中国摇滚乐乃至中国原创音乐的伟大复兴负有不可推卸的责任。几多风雨几多愁,何足与小艺人道哉。罢了罢了,钱哥你也得理解他们这些新人,一般大哥的大哥,他们这些小崽儿都不认识。再加上您近日位高权重日理万机,罕临基层,小一辈有眼不识泰山,我想也情有可原。"我说。

大钱儿找回了点儿面子,一脸牛气。

"但刘柠好像还真挺吃你那套哈?"赵扬转头对我说。

"吃屁,我刚才上去也是挨呲儿去了。"我说。

"孙老师要火啊。"大钱儿阴阳怪气地说道。

"去你大爷的吧。"我在沙发里找了个舒服的姿势,点上了一支烟。刘甲按了调音台上的播放键,刘柠演唱的《天使在人间》如天籁般响起,棚里的人都安静地听了起来,唐婉的样子也随着音符浮现于脑海。生活又恢复如常了,刘甲和小乐重归于好步入婚姻殿堂,赵扬拉起了QQ的手比翼双飞,我继续苟延残喘,灵魂跪倒在唐婉面前万念俱灰。

三十四

刘柠的家室

转眼间，秋天到了，树叶开始枯黄萎靡，一个似曾相识的夏秋换季对敏感的人来说恍如隔世。而对于我，那个与她相遇的夏天就像刻在眼中一般，挥之不去。

我的那个"她"就是唐婉，是的，在我立尽万千毒誓后，我发现我仍然爱唐婉。就像被施了某种神秘而又古老的巫蛊法术，只要我一闭上眼睛，一股难以名状的烟雾就会勾勒出唐婉的身姿，浮现在脑海中。我想念跟唐婉有关系的一切，可我却不敢打扰她。事实上，只要一想到唐婉我就觉得自己极卑微极丑陋，普天之下最傻缺之人，舍我孙勃，其谁哉。

身边的人都在我的表演中认为我心中的澎湃已过去了，就连英子在微信中，也只是说些半咸不淡家长里短的事，从未提起过唐婉。所以，我认为自己也应该不再提起她，忘记她，忘记一个一辈子都不会爱上我的人，一个果儿。正如同我们都将在慢慢流逝的时间中渐渐地对这些遗忘习以为常，像刘柠说的，成熟以致麻木，对吗？

唐婉，多日没有联系，你是不是变得更美了？这一个假期何去何从？新学期又怎样？吉他还在弹吗？你又被什么样儿的傻缺男人轻松地带回了家？又喝了几回大酒？有没有特别不经意地想起过我……或者，还是仍然无法忘记他……

刘柠专辑的前期全弄完了，我的那首歌，加上赵扬写曲我填词的四首，还有从外头小孩儿那收的五首，共十首歌。其实后期也弄得差不多了，刘柠的音准和节奏全不用修，比美韵省心多了。剩下的无非就是摆摆音轨的相位，加加插件挪挪音效这些缩混的事儿。最近这几天QQ一直都在公司写刘柠的宣传文案，也没工夫和赵扬约会了。弄得赵扬成天约我谈心，聊感情家庭他和QQ的过去未来前世以及今生，为此我和大钱儿刘甲经常陪他喝到后半夜，然后大"约"特"约"地将一天吃的东西都吐出来。

我们开始有意无意地聊到刘柠，大家都觉得刘柠很奇怪，用赵扬的话说，神经病。尤其是在上回对大钱儿甩脸之后，哥儿几个都觉得她不是一般二般的装。虽然对于她的美貌和唱功大家均不予否认，但那种太过与众不同的范儿令人说不出她是吸引人还是不招人待见。就连我，这心中已非常明显地积累了对刘柠足够多信任的蓝颜，也想不通刘柠老拿着这劲儿是为何。

这天晚上刚下完雨，半湿半干的路面跟刚刚有一些人在上面小便过一样。我闲得颇烦，约赵扬喝酒，他说还在刘甲那儿盯缩混，就约了大钱儿。入席后大钱儿先是照例问了一下那四百何时还，在岔过去后才正式喝开。我心情不佳，没多久就有八九分醉了。我又想起了唐婉，借着酒意，我掏出手机想发个短信给唐婉，但在输入了几个字以后，就狂按数下"取消"键退回到手机首页上。一阵惊悸随之而来，就仿佛从噩梦中惊醒一般，孤独、失落。大钱正和我说笑着，突然一愣，语气夸张地问我勃子你怎么哭了，我才意识到自己正在落泪。大钱照例咧着嘴揶揄我起来，但见我哭得哀伤，就停止了取笑，罕见地正色道："有什么心里苦的，就和我聊聊吧。"

"她可以不爱我，但她不能作践自己！我看不得别人伤害她！"我哽咽着说。

大钱尴尬地看着我，良久，长叹一声说：

"勃子，我还是习惯你喝大了炸酒掀桌子，你现在一喝多了就哭，弄得我都跟着颓了。"

"我没喝大！谁哭了！"我朝大钱吼道。

"唉，好好的一个孙勃儿，就这么被一妞儿生生整疯了。"大钱小声嘀咕着，但我听见了，登时一股无明火起，将手中的酒瓶子狠狠掷向远处，暗影里它应声而碎。几许目光看了过来，我指着他们大骂，有人回骂过来，我腾地站起身，掀了桌子冲过去要和他们厮打。大钱居然没跑，而是猛扑过来死死地抱住了我。正乱成一锅粥时，我的电话响了，我掏出来看是赵扬，便一屁股坐在地上接听。赵扬说缩混弄完了，和刘甲在棚边上消夜，让我过去。我说我们马上到，便挂了电话醉醺醺地起身去结账。饭馆的人让我们赔桌子餐具，我气儿又上来了，指着他们大骂。大钱施展他卑躬屈膝的天赋，给全饭馆的人求爷爷告奶奶地道歉。我骂他尿，他也没说话，拍了几张百元钞票在前台，把晃晃悠悠的我拖出了饭馆。

"你知道刘柠家是干吗的吗？"刚在席间坐下，赵扬神秘道。

"我上哪儿知道去啊。"我答道，却觉酒瞬间醒了。

"刘柠她没跟你说？"

"没说。"

"你就没看出来？你最近扑她扑这么猛。"刘甲笑了。

"谁扑她了？赶紧的，刘柠干吗的到底？"我说。

"我告儿你吧，倍儿牛。我刚听QQ说的，刘柠他们家是煤老板。他们家山西的，家里有三个矿，每个矿要运转正常的话，一天一个矿流水一百万人民币，彭总是要哈着刘柠她爸才运作她的，他和刘柠都没签约，就他那点儿小钱，跟刘柠家比根本不算事！"赵扬表情丰富地说。

我猛地一惊，只觉酒精霎时变成汗水从任督二脉一线贯通而出。

"一个矿一天一百万，三个矿一天三百万，那一个月就是小一个亿啊！"大钱儿奋力地掰手指头，后来实在不行就跟服务员借笔在桌上写了一个公式，运用他勉强达到小学程度的算术能力加减乘除后一脸震惊，"这小丫头片子真是深藏不露啊！"

"这么重要的信息你不早跟组织反馈！"我质问赵扬。

"我也是今儿才知道。不过 QQ 说刘柠跟他们家关系不太好，姐们儿太有性格，好像是跟家里吵了一架然后一人儿来北京了。但她妈还一直给她钱花，号称有一张卡随便刷，姐们儿买牛条仔裤都六千多。什么都别说了，你趁机赶紧拿下吧！"赵扬冲我道。

"就是啊，我觉得好像刘柠对你也有点儿意思。"刘甲也帮腔道。

"没有吧，我真没觉得，你们怎么都这么说啊？"我说。

"那你要没想法儿，要不你们帮我使使劲？"刘甲脸向下眼睛却朝上翻着笑。

"你这都要结婚的人了，使什么劲啊？回头小乐又跟我们这儿来闹。"赵扬道。

"没错儿，我跟你说别回头又找我们哭诉。"我说。

"你就说别人还行，也不知道谁成天号称真爱要死要活的，你管人刘甲小乐呢？咱们先接着聊聊每月挣一个亿的这位吧。快说吧，咱们怎么扎她？"大钱儿道。

"对，得扎得扎！你们琢磨琢磨，他们家一天的零头儿就够干多少正事儿呢啊！"刘甲表情很郑重。

"要不我上吧，你们也都知道哥们儿这形象年轻时也是名震开心乐园的。现在可能是上了点儿岁数，但毕竟底子好，怎么也算风韵犹存，你们给我使使劲儿吧？"大钱儿道。

"你们说他们家都这么富了，她干吗当艺人啊？"赵扬不理大钱儿。

"就是啊！凭什么啊？"刘甲道。"难道真就热爱音乐到这份儿上？"

"要真爱音乐，真说就喜欢 Radiohead，那干吗唱咱们找的这些大俗歌儿当流行歌手啊？"赵扬道。

"是啊，不知道成天想什么呢。"刘甲道。

"我要这么有钱我才不玩儿音乐呢，我把所有钱都存银行里吃利息。"赵扬道。

"我去，你实在是太有理想太有追求了。"我说。

"问你们话呢，你们觉得我追有戏吗？"大钱儿喊道。

"这么说来，她还真不是老彭的小蜜了，弄不好老彭都是他们家的下人。"赵扬道，还是没人理大钱儿。

"这老彭看来在下一盘很长远的棋啊，这鸡贼。"我说。

"说实在的，你们没觉得刘柠一直特怪吗？跟谁都丧眉耷眼的，上回为了治一个死猫花了小五千，神神叨叨的，图什么啊？"刘甲道。

"要我说就是神经病，可能有钱人家出来的都这样儿吧。"赵扬道。

"唉，凭什么别人都比我有钱啊。"刘甲仰天长啸。

"甭管有钱没钱，该给咱们结的账到时候儿给结了就成了。既然知道了是一个大户，以后哥儿几个说话办事儿都留个心眼儿，把她伺候好了，争取她再出专辑的时候还让她找咱们。"我语重心长。

"那我明天就开始追了啊！你们谁把刘柠电话给我？"大钱儿急了喊道。

"去你大爷的，哪儿凉快哪儿待着去。"我说。

回家后我的脑海和胃一同翻滚,食物酒精搅和着与刘柠相识至今的种种。冷若冰霜又亲和体贴的超级富豪家的柠巴千金非要当艺人,并因机缘巧合让全北京最鸡贼的青年音乐制作人制作专辑,感觉就像是什么劣质爱情喜剧刚开始的情节。

三十五

打架风波

我窝在我肮脏的桑塔那中,两眼隐藏在方向盘和自己的刘海间,像个埋伏在迷彩掩体中拍摄野生动物的野外摄影师般双目如电地打量着四周。傍晚时分天气正舒适怡人,张自忠路上行人三五点缀。一个老太太领着一个三四岁小男孩儿走过车旁,她显然没发现积满土灰的花玻璃后有人,指着我的车和蔼地问小男孩儿:"这种车应该怎么说它啊?"小男孩儿用童声洪亮地喊道:"脏!"老太太满意地摸着他的头,慈祥地说:"真对,真聪明。"

"脏你大爷,懂个屁!"我在车里恶狠狠地嘀咕道,大钱儿在后排座上像野猫发情般尖厉地笑着。

"那孙子怎么也得演出快完才出来呢吧?对了,我记得愚公移山好像有一后门儿?"赵扬坐在副驾驶上问。

"有是有,他肯定不会走。"我说。

"别回头儿咱们在这儿干等,人从后门儿溜了。"赵扬道。

"勃子,我刚才就一直想呢,咱仨人够吗?那边儿你确定就一人儿吗?"大钱儿装作特别不在意地问。

"就一人儿!说一万遍了!我真要打群架我才不叫你呢,就你这么鸡贼,哪回不是一看形势不对扭脸儿就跑?回头你还得跟人叫爸爸。我也就是看重你每逢走单儿的弱小和失势厮人就压不住火儿,下手没轻没重,欺软怕硬狗仗人势的丑恶人性,要不我才不叫你呢。"我说。

"还真是,每回咱们好多人抽一人儿的时候大钱儿手都特黑。"赵扬道。

"所以说,冲锋陷阵指不上他,这种下黑手的事儿他特合适。"我说。

"你们俩这嘴里没一句好话。一位哲人说过,识时务者为俊杰!你们别老说我鸡贼,你们俩哪个也都不傻!"大钱儿道。

"放心吧,勃子这么精,不会打没把握的仗。"赵扬道。

"你到底要打谁啊?你跟我说说。你一带我来愚公移山我就有点儿担心,我久历四方尤其在京城摇滚圈儿里社交广泛,别回头是熟人,那我怎么下手啊?"大钱儿手一摊笑道,"到底怎么回事儿?问你那么多回老这么神秘,给讲讲。"

"我管你认识不认识呢,就一傻缺。一会儿他出来,咱们开车跟到人少的地方,面具戴上。"我一指手里的几个喜羊羊面具,"上去不说话,一句话都别说!直接打!我抡第一棍,你们跟着我。再说一次,别抡后脑和关节儿,主要往后背、肋骨和大臂大腿上招呼。

目的是让他仨月起不来床,再长也行。骨折可以有,残废和人命不能出。"

"老规矩呗就是。"赵扬说。

"脸可以多踹踹。"我补充道。

"是乐队的人还是看演出的人?"大钱儿问。

"是你大爷。"我说。

"怎么招的你啊他?"大钱儿又问。

我没理他,大钱儿这一路大概问了我二百遍要打的是谁,是什么路子,是因为什么,还问了一千多遍对方是不是真的只有一个人。

"这棍子有点儿滑啊,不是特称手。"大钱儿见我不理,又在后座上反复掂量着几根长木棍。

"你烦不烦?要不你回家吧。"我头都不回地说。

"你瞅瞅你这令人心生厌恶的嘴脸,你这是找人帮忙儿的态度吗?你让赵扬评评理。你能不能学学《水浒》里一个好汉三个帮的气概和度量,别老往天桥混混儿地痞流氓方向上靠?"大钱儿见我急了,好言道。

我们仨人在车里打了近三个小时斗地主,人还不见出来。我虽然赢了大钱儿一千多,但显然已焦躁起来,眼神不时瞥来瞥去。大钱儿输了一千多,人也不耐烦了起来。

"这都快十二点了,这半天看演出的人都快走干净了,不会从后门儿走了吧?"赵扬问。

"孙勃子,你今天是真要打人吗?我怎么觉得你是设了一套儿圈我钱来了?你和赵扬打伙儿牌是不是?我告儿你今天这账不算啊,你还欠我四百。"大钱儿把牌往车座上一摔,"不玩儿了,到底有人打没有,有准谱儿没有?"

"我进去看看,你们挨这儿盯着。"我说着正要打开门下车,却见愚公移山门口聒噪了起来。一帮人闹哄哄地拉出一个人,那人瘦长身材眉眼清秀,分明是我苦等了一晚的严霞。那伙人将严霞拉到我车左近,看状况依稀是在劝架。

"算了算了,这圈子都低头不见抬头见的,为了一果儿,撕破脸不值当。"一长发男劝道。

"果儿什么果儿!谁是果儿?我刚才是不是好好儿跟他说来着,谁先动的手?他跟我牛什么?"严霞颇激动。

"今儿个真热闹啊!这么多人要打人啊!"大钱儿五官生动了,唯恐天下不乱。

正没分晓,从愚公移山门口又走出一拨儿人,也是三五人拉着另一人,那人不依不饶地往严霞这边挤过来。我见那个人岁数看着不小了,眼珠发黄,一身扎眼行头很面熟,却死活想不起来是谁。

"小严,你知道我多大你多大吗?别老这么牛气,我一个电话过去全北京就封杀你,你信吗?你那个果儿你带着的时候儿没人动,但现在既然你们分了,人家爱干吗干吗,跟你一点儿关系都没有,知道吗!"那人指着严霞说道。

我猛然想起这人就是在滚圈儿和夜店圈儿瞎混的DJ老万,音乐放得跟狗屁一样，脏东西玩儿得一样不落。

"跟谁带没关系，你戏她可以，你不能毁她，知道吗！"严霞突然急了，朝老万冲去，被众人拦住。

"怎么毁了？我们怎么玩儿是我们的事儿，现在人不是你带的，你管不着，知道吗？"老万说着手一摊，摆出一副前辈高手大人不记小人过的姿态环顾四周，"你们看看，这现在的小孩儿多不懂事儿。现在那果儿是老陈带的，人老陈还没说什么，他倒急了。"

"你再跟我装大个儿的？"严霞骂着又往前冲，两边阵脚颇有些松动，架势看着有些稳不住。正拉拉扯扯中，愚公移山里又走出几个人。气氛登时冷静了一点儿，两边显然都给这几人面子。喧哗声都小了些，一个扎长辫子的大哥站到双方中间说着什么，一个文着花臂的光头过去拍着严霞肩膀耳语，满脸的语重心长。

"三哥，我不是不给您面子，但我跟他没得聊。"严霞和花臂大哥说完，扭头冲老万道："今儿我给三哥和狗哥面子，但你记住了，做什么事儿都得问问良心，别这么大岁数儿了成天造孽，那妞儿爱谁带谁带，跟我没关系！"严霞说毕，拂袖而去。剩下的一干人散落在原地，都有些没趣地散了。

"也没见血，真没劲！"大钱儿遗憾地靠到后座上。

"这种熟人为了妞儿呛呛起来的都打不狠。"赵扬说。

"怎么着了勃子，你发什么愣呢？想什么呢？都这点儿了，你要不进去看看，别回头真让赵扬说中了，人从后门儿走了。"大钱儿道。

"行吧，你们盯着点儿，我进去看看。"我说着，推门下车。

"要有情况喊我们啊,别自己一人儿硬扛。"赵扬道。

我点头关上车门,走进愚公移山前装作特别稀松平常地瞥了一眼远方,眼睛却被我车牌上用来遮挡号码的光盘刺了一下。视野中蓦地闪现几片六角的晶莹,严霞的模糊身影似有还无。

愚公移山里已经没什么人了,偌大的场地显得有些空旷,仿佛不久前的音符还凝固在空气中,随着什么不愿散去的东西留恋在舞台之畔。DJ 老万和几个劝架的靠在吧台前,那个老帮菜还在骂骂咧咧地嘟囔着。我微笑着从他们身边划过,牢牢地记住了这人的长相。在一楼厕所里撒了个尿后,我提好裤子走出愚公移山。

"怎么着了?"赵扬问。

"还真让你说着了,一楼二楼都没见人,看来还真是从后门儿走了。"我头靠到驾驶座上点了根烟。

"你瞅瞅,我早说了吧!你看看,不听老人言吃亏在眼前,早说你不听,白来了吧。"大钱儿如释重负地说。

"走吧,我请哥儿几个消夜。"我说着,发动了汽车。

"刚才那账咱不算啊,你欠我一人情。"大钱儿说着,眼睛翻白掐指一算,"等于到现在,你还是欠我四百。"

三十六

再遇唐婉

　　网络上一些粉丝不超过一百人的微博和偏僻 BBS 里不温不火的电音版块中开始有极少数人讨论 DJ 老万吸毒被捕的事，如果不是我不厌其烦地耐心搜索，想来也绝难发现。在媒体曝光他除吸毒还贩毒及聚众淫乱并牵出一个制贩毒团伙于严打之际被重判后，关注此事的声音才多了起来。

　　他的罪有应得并未令我拍手称快，相反，他的罪行被娓娓道来反倒更令我咬牙切齿睚眦欲裂。据警方称，他们是接到匿名电话的举报查到老万家起获大量毒品，我看到报道后，对我公安部门如此不为消息灵通人士着想而深表遗憾。这要是有黑恶势力想打击报复，那顺着电话的线索不就找着有正义感又热心的京城市民了吗？为此我开车到洋桥那家有公用电话的小卖部左右盘查，在没有发现摄像头又从头到尾过了遍报警那天的情景确认并未留下蛛丝马迹后，才暗道此次积极举报老万这人渣败类的行为天衣无缝。有一日，在一帖子里有人报料说严霞和 DJ 老万因妞儿失和，点炮儿提供线索的很有可能就是严霞后，我终于高枕无忧起来。

好吧，我承认这一箭双雕的结果对于智谋过人料事如神的我来说也是无心插柳的意外收获。

这一日在家听刘柠的缩混小样儿，那美妙的嗓音演绎的《天使在人间》响起后我潸然泪下。正在陶醉，大钱儿打来电话说郝哥又有信儿了，晚上还是 Coco Watermelon。我说你要不说这事儿我还没火儿，要签打钱，要喝滚蛋，没二话。大钱儿说别成天爱来爱去爱傻了，弄不好今天这八十万就到手了。我骂了数句娘，没奈何和他约了时间，并嘱咐他叫上赵扬。

不到十一点时郝哥于包间现身，酒局立即如被捅到 G 点般发骚起来。妞儿们唱歌妞儿们跳舞，唱啊跳啊一二一。她们在跳圆圈舞啊，唱啊跳啊真傻啊。无数次干杯，我无数次向大钱儿使眼色让他跟郝哥提合同，大钱儿满眼就是屋里的短裙乳沟，气得我恶向胆边生。喝了一个钟头后，郝哥又让包间里的妞儿去外面叫她们认识的女孩儿进来，我已知今天签合同没戏了，窝在沙发里准备看完傻妞儿扑大哥后找借口撤退。

我喜欢这个环节，可以增长见闻学到东西。是的，我喜欢看这帮妞儿自以为高明而又不露声色地掩盖她们傍大款的目的，双眸闪现着对未来的期许，冲进包间迅捷而又敏锐地打量每一个雄性生物时狡黠的目光。什么叫真正的夜店妞儿？一进得包间，一眼扫过来，谁是大哥,谁是买单的,谁是司机,谁是像我们一样来扎活儿的,一目了然。这种眼力,没有从小儿到大对优越的物质生活近乎病态偏执的渴望,那真是一点儿戏都没有。我由衷地佩服那些真正靠坐大哥腿活得一身潇洒的夜店妞儿,碰上这样儿的高手我也会心中暗道一声奇女子,敬酒的时候礼让三分。

正看着鱼贯而入的庸脂俗粉走神儿,一个着短裤T恤的妞儿推门进来,看都不看就坐到了郝哥身旁,抄起桌上的一杯红酒连碰杯带纵体入怀。我正感叹此女观察力之敏锐自愧不如,突然发觉不对劲。这女孩儿何以如此美丽?尤其是那双腿,增之一分则长减之一分则短,那纵情垂落于肩的黑瀑布,何以如此令我悸动?

我浑身僵硬,在脑海中狂喊数声不可能,却借助霓虹的遮掩偷偷地看向郝哥身侧。待瞧得真切,只觉遍体冰冷血液滞流。那美丽、空洞却无邪的眼睛,除了唐婉,又有谁能拥有?

猝不及防,我仿佛听到了"砰"的一声。是什么猛地撞了一下我的心,敲碎了我的眼睛,撕裂了我的身体,扼住了我的咽喉。究竟是什么,让我在看到傻缺老郝的脏手搂住唐婉时,胸腔凝塞苦闷至如此地步?

"把郝哥支到外面去。"我搭着赵扬的肩膀耳语。

"干吗呀?"

"赶紧的,别问为什么,要不一会儿出人命。哥们儿是为了你好,把郝哥弄到包间外头去。"说这话的时候我仍注视着郝哥的怀中,唐婉显然也发现了我。她并未试图掩盖什么或假装不认识,也没有故作无所谓与麻木。她就那么瞥了一眼我,就又回过头去喝酒,准确地说,她的样子很自然。

"干吗啊你要?怎么弄啊?"赵扬一脸懵懂。

"你先出去晃晃,然后进来说外头有一帮中戏的妞儿想认识郝哥,等他出去,你假装带他转一圈儿,就说妞儿找不着了可能走了真不好意思什么的就行。"

"他要让我叫妞儿进来他不出去呢?"

我正待再说,只见郝哥起身,含笑迈过一双双白腿走进包间洗手间。在洗手间关门的刹那,我一跃而起,在全屋人还没反应过来之际,我已经拽住唐婉的手冲出了包间。她的步履蹒跚错乱,她的发丝飞扬飘散,但她的手轻如夏风,她的指尖柔如柳絮。我拉着她在喧嚣的夜店中破浪前行,冲破重重阻隔,那可怜的五指竟被我攥出了汗,而我,就仿佛手中紧握的是希望而不愿放开。在看到出口处微光的瞬间,我突然觉得自己就像携亡妻逃离冥界的奥路菲。我回头望向唐婉,手中的那个女孩儿正目光迷离地望着我。

"你弄疼我了,刚才磕了我好几下儿。"她并未反抗。

"对不起,我不是故意的。"我说着,脚下也慢了一些。冲出Coco Watermelon,我一直拉着她走到不收停车费的胡同儿深处,将她塞进我的车里,又坐到方向盘前,才喘了一口气。我掏出根烟叼上,发现手兀自抖个不停。

"你为什么这么做?"我冷冷地说。

"怎么做?我做什么是我的自由。"唐婉的声音也很冰冷。

"你知不知道你这样儿会让爱你的人伤心？"

"谁爱我？"

"我啊，我爱你啊，我都……"

"孙老师，你是好人。"唐婉平静地打断我，"但行行好，请别再以为你是爱我了，你爱的只是一个幻觉，一个……"

"够了！"我喊道，霎时，全世界戛然而止。

"不是和你睡过了吗？你对我很好，我已经报答你了。还觉得不够吗？要不我今天也跟你回去？"良久，唐婉打破寂静，故作讽刺地说，她嘴角嘲讽的笑容极残忍。

我伤心极了，两行清泪夺眶而出。

"唐婉，我做错什么了，你跟我说这些？我是真的爱你。"

"你怎么了？你在痛苦吗孙老师？因为我不爱你吗？你知道吗，这恰恰证明你对我的这些是欲望，是和所有男人一样的欲望，不是爱情。"唐婉的声音大了。

"够了！唐婉，我爱你！我爱的是你！是你！你！你！不是什么狗屁幻觉！我也不用你爱我，我现在恳求你，我跪地求你，我不求你爱我，我只求你爱爱你自己！"我红着眼圈儿，双手在方向盘上疯狂地拍打，用我人生中用过的最大音量对着车前风挡玻璃歇斯底里地吼道。

过了一会儿，我身侧传来了抽泣的声音。我不再说话，将车打着，打开音响将 *With Or Without You* 设成循环播放后狠狠地踩向油门，汽车像蹦了出去般冲进夜色。赵扬和大钱的电话一个又一个打来，我将手机关机后凶恶地盯着前路,双眼喷火地朝唐婉家驶去。Bono的呓语让我听不到其他任何声音,但我能感觉到唐婉颤抖的身体令车中的空气萎靡。

停车后我们谁都不说话,我下车过去拉开副驾驶的门,她埋头拭泪走出来。秋夜如此舒缓,月光深情袭人。塔楼像一座座静谧的石碑,微风温柔地穿过我们与墓地般的楼宇。在走到唐婉家单元门前时我一把抱住她,紧紧地搂住那可怜的人儿一言不发。她登时哭出了声音,泪水飞快地润湿了我的肩膀,像一盏泉水无声地灌溉了一片贫瘠的土壤。

"谢谢你。"良久,唐婉在我怀中幽幽地说。

"谢什么?"我沙哑着声音问。

"谢谢你爱我。"

"别谢了,说实话,我也没这么设计。不装孙子,我一开始真没想这么爱你,我居然能爱得这么要死要活,我自己都没想到。"我埋在她发间说。

"很温暖。"唐婉说。

"你冷吗?"

"我是说,原来被人爱的感觉,这么温暖。"唐婉的声音很轻。

"你终于不说我是爱上一个幻觉啦?"

"我想,也许之前是我错了……"我的肩上因为唐婉的气息热乎乎的,"请原谅我,孙老师。我感受到你的爱了,可……抱歉,我仍然无法爱你。我心里有了一个混蛋,虽然我用各种方法想让自己忘了他。"

"是那个人对吧？"

"对，那个人你也见过，你之前问我的时候，我对你撒谎了。"

"唉……"我一声长叹，唐婉在叹息声中轻轻地推开我的怀抱。

"孙老师，谢谢你。"又是那符号般的笑容。

"咱怎么还这么客气啊？"我挤出笑脸。

"谢谢你这么爱我，但是，我不值得你这么做。"

"怎么又说回来了？没劲了啊！"

"我就要离开这里了，与这个城市的所有人都不再有关系。"唐婉捋了下头发，目光越过我的肩膀。

"唐老师，咱有什么事儿好好说，别寻短见啊！"我有些错愕。

"谁要寻短见了？"

"那你这又是离开又是不再有关系是几个意思啊？"

"我要离开这里。"

"上哪儿啊？"

"这不重要。"

"那……"

"有缘再见吧。"

"唐老师……"我见唐婉转身，又叫住她。

"怎么？"

"以后你要爱自己，珍惜自己，保重自己，过得幸福开心，每天都快快乐乐的。"我用力地挤出微笑。

唐婉愣了一下，接着笑道：

"我尽量吧。"

我苦笑着站在那里看唐婉转身离去，只因她那个笑容如此美丽，如此纯洁。它与那早令我习以为常的符号笑容天差地别，以至于竟让我从时间与空间中呼啸而过，站到了初夏阳光下的二一四中学门前。

三十七

连环撞车

那天回家后我的心情虽是下坠的,但却恍惚有些如释重负的轻松。虽然唐婉说她并不爱我,可我却没有心如刀割。而当我想到可能从此与唐婉再无瓜葛时,我也并未痛不欲生。事实上,当她承诺从此开始爱自己珍惜自己后,我在那笑容面前竟感到了前所未有的光明与喜乐。那欣悦仿佛令我身体中某个堵住的地方通畅了,又如同武林高手不自知地达到了某种新的境界。辗转反侧百思不得其解,最终,蓦地,我认为这感觉、这境界,想来便是真爱。

如此这般思索,人也不期而然地悲壮了起来。

这一夜我睡得很好,第二天醒来也觉得一上午都极祥和。坐在窗边出了会儿神,突然想起手机一直处于关机状态。开机后,先是涌来赵扬和大钱儿 N 个短信微信,正翻看着,二人的电话就到了。

他们小心翼翼地问我昨天包间里是什么情况，我说我尿急冲出去尿尿，尿完出来就先撤了。二人均问我拉走那妞儿是什么路子，我宁死不承认有这么一出儿，死咬他们喝多后看错了，我们是分别冲出包间。我告诉他们那姐们儿也尿急，我冲进男厕后余光看到那姐们儿冲进了女厕，许是此女排完水后心情愉悦思乡之情燃起，便回乡遍插茱萸去了。二人唏嘘不已，皆道咄咄怪事。我问郝哥对此有何看法，大钱儿说郝哥喝成那样儿，压根儿不知道包间里多了谁少了谁。我猛然醒悟，大骂大钱儿再不签合同我见着郝哥一回打他一回。

　　下午起风后冷了起来，满北京城秋风瑟瑟，人心起伏。到了晚上，我开车去鼓楼找赵扬准备大醉一场。开到刘家窑的时候，电话响了，是刘柠，我很意外。打上回她在棚里起范儿独自离开后，我们就没联系过。

　　"外。"我拿起电话应道，同时倒吸一口凉气心中默念：一个矿一天一百万，三个矿一天三百万。

　　"喂。"刘柠的声音，听上去似乎受了委屈。

　　"怎么着，刘老师？"

　　"我撞车了……"

　　"啊？什么情况？"我惊了，一打轮差点儿没跟边上的车剐上。

　　"我撞车了，就刚才……"刘柠的声音轻脆好听又楚楚可怜，"现在脖子特别疼……"

　　"怎么回事儿啊？严重不严重？"

　　"我打车从公司回家，环岛有红灯，师傅不知道，转过去以后就直接追上了，我脖子震了一下。"

"我现在过去。除了脖子别处有事儿没有？"

"我就是有点儿恶心，有点儿晕。"

"你等着啊，别让那司机走，我这就到。"我挂上电话，直接从三环掰向二环。

电话刚扔到副驾驶座儿上就又响了，我拿起来一看是英子。接通后英子说特烦，说就是和我走心走的，让我约约赵扬大钱儿什么的老人一起去河边聚聚，吃串儿聊天。我说我这有一个上亿的大项目必须赶紧过去，让她先和赵扬碰，等我完事儿了再去找他们。英子念叨了一句"不仗义"，悻悻地挂了电话。

由于对"仗义"二字近乎病态的追求，我一手扶方向盘另一手用大拇指迅速输入赵扬的电话号码。电话接通后我说英子想聚聚，但我手头有大项目走不开，让赵扬先去找趄英子，我完事儿就过去。赵扬说他刚和 QQ 吵了架，然后一生气开车撞了车，人没什么事儿，但车花了，现在正在接受北京台红绿灯节目的采访。我只得又开始慰问赵扬，知心姐姐了半天。最终赵扬说他可以打电话和英子叙旧，但今天确实过不去了，一会儿要买花去向 QQ 承认错误，我无语凝噎。

刚挂了赵扬的电话，刘甲又打来。刘甲说他有些爱情的烦恼，觉得别人都不懂爱情，想和我聊聊，而因为试图营造一种氛围与情怀，他的声音变得细腻而柔软。我跟他说他和小乐的事儿我一个字都不想听。刘甲没奈何，说知道我有睡眠障碍，那推荐一款失眠时吃的药总行吧，我告诉他去药店买万艾可。

"行吧，药店里就有是吧？"

"对，进药店门儿你就说我一上床就力不从心，来瓶儿万艾可就行。"

"要不还是咱俩有共同语言，'力不从心'来形容咱们失眠那状态太准确了。但是勃子，我觉得我这是重度失眠，一次得吃多少？"

"请遵医嘱，别问我。但我记得万艾可这种药劲儿不大，很健康很环保，睡前可以吃得比一般安眠药多些，甚至吃半瓶儿都不为过。"

手机扔到副驾驶座，一脚油门踩到车底。车窗外京城灯火呼啸而过，刘柠如黑夜中的火花般从视野里迸了出来。她就冰冷冷孤零零地站在朝阳门桥西南角的那个地铁站口儿，气质高贵得像是一个从皇室婚礼现场跑出来的新娘，与二环路上庸人自扰的市井氛围格格不入。我急忙把车停了过去，打亮双闪，蹦下车走向她。

"没事儿吧？"我站在她面前问，突然觉得有些生分，就跟鲁迅见了成年闰土似的。

"没事儿。"刘柠看着我，五官丧若寒冰。

"那司机呢？"我举目四顾。

"走了。"

"你就让他走了？我不说了别让他走吗？咱得让他带你上医院

去啊！"

"没什么大问题，我感觉了一下。"一阵秋风刮过，刘柠的发丝动人心魄地舞了起来，她理了一下发梢，"没什么事儿，就让他走了。"

"人没事儿就好。"

刘柠没说话，看了我一眼，让我觉得我做错了什么。

"那我送你回去吧。"我说道。

"好。"刘柠轻描淡写。

这一路刘柠一句话都没说，看上去感觉气儿也不是特顺，寒冰神掌似乎正蓄势待发。于是开到刘柠家楼下后我也没熄火，想今天走为上策。

"那天我听见赵扬和刘洋在议论我。"刘柠突然张口，像安静排练室中的一声琴鸣。

"是吗，说什么了？"我的心咯噔一下。

"说觉得我精神不正常，还说觉得我对你有意思。"

"嗐，他们就那样儿，有事儿没事儿就犯傻，你别觉得奇怪，他们说话你就当放屁。"我赔笑道，心中暗骂狐朋狗友成事不足败事有余。

"我不觉得奇怪。"刘柠很生硬地说。

"噢，那是我觉得他们奇怪行吗？"我被她这句话一撅，也烦了。

"人都不一样,你要允许别人跟自己不一样。"

"我没不允许啊!"

"你觉得奇怪你就等于把人划分到了异类里,就算没这么分,至少你也有一个判断标准,超出这个标准就算奇怪。我奇怪于你说的'奇怪'是什么定义,因为其实你自己理解不了的事情,才应称为奇怪,但赵扬和刘洋,你肯定不是理解不了吧。"刘柠冰冷的声音。

"不是,我觉得咱真没必要这么较真儿地讨论这问题,我刚才不就一说嘛!那你说你不同意我的看法,那是不是也算一种奇怪,一种不理解?"我想到三个矿,一个一天一百万,三个一天三百万,又把情绪控制住。

"我只是说一下我自己的看法,不是要等你反驳我、同意我或者跟我讨论。"

"嗯,您说得对。"

刘柠不语,但仍无下车的意思。

"刚才撞的那一下儿现在怎么样了?其实我刚才还真是有些不放心你……"我想到矿,又阿谀道。

"你不放心什么?担心我精神不正常?"

"不是,你是让车撞了还是让呛药儿撞了啊?我不就怕你刚才给撞着了问一嘴吗?你别理赵扬那俩傻缺,我下次见着他们就大板儿砖拍他们。"

"我什么事儿都没有,从精神到身体,我现在都没有问题。"刘柠打断我道,"我的状态很松弛。"

"我真没觉得你松弛,我觉得你是绷得太紧了。"

"那是因为你绷得紧,所以你才觉得别人也是紧的。如果你总把别人看得很狭隘,那只能说明你自己很狭隘。"

"嗯,对对对。总之你没事儿就好。有事儿随时给我打电话,我分分钟过来照顾你。"

"我其实不太需要照顾,我一个人独惯了,我只在精神上渴求知己,我做音乐就是寻找共鸣,希望有人能走进我的内心,听懂我的歌声,消除我的恐慌。"

"没事儿,咱们专辑这不弄完了嘛,踏踏实实地,这就出了,等你火了有了粉丝有了支持者,就踏实了。"我说着,偷眼看刘柠,"那什么,我还有一特着急的事儿,我一姐们儿住院了,我现在得过去看一眼她去。"

刘柠不发一言,打开车门扬长而去,带起一阵寒风,背影如南极冰川。

三个矿,一个一天一百万,三个一天三百万,我继续对自己催眠。

三十八

唐婉出国

我锁上车走向英子家的单元楼时,突然觉得这情景似曾相识,夜空中的乌云沉甸甸的,充满质感地压迫着我的视线。

"唉,最近就是背!"英子走出单元门,揉着腰拿着瓶可乐扬脖儿狂灌。我们瞎聊着朝河边溜达,两人都是心事重重的样子。我们胡侃了一会儿,英子突然低头说:

"唐婉要出国了。"

"干吗去啊?"

"说是上学去。"英子神情闪烁,好像特对不起我。

"上哪儿的学?"

"澳大利亚。"

"噢,看袋鼠儿去,去几年啊?"

"三四年吧好像是?"

"她们家是特有路子吗？说出国就出国。什么时候儿走啊？"

"就这几天吧？她们家应该没怎么牛，我觉得她可能得半年前就开始办了，找中介弄护照什么的。"

"就是一直瞒着身边儿的人？"

"也不叫瞒吧，反正我们是全不知道……"

"真是发自内心地想去看袋鼠儿吧。"

英子无言。

"我也想逃跑。"我说。

"逃跑？"

"从爱情里跑出去，再也不见那个让自己悸动的人。"

"随她便吧，她愿意爱谁爱谁，咱不捡人吃剩下的，不喝人刷锅水，以后咱们找更好的。"

之后我一直靠在河边栏杆上抽烟，抽得我一个劲儿地咳嗽。我跟英子说了什么我也都忘了，但很显然我们一直在交谈。我们真诚地探讨人生，我甚至记得我们还有说有笑的，后来我说不早了先回去了的时候，英子还说了一大段儿特别长的关于人生在世的言论，然后我还表示严重同意觉得她挺有思想。

都说什么来着？那些让我感同身受欢欣鼓舞垂头丧气双手赞成的内容为什么我全想不起来了？我只记得当时脑海里全是骑着袋鼠的唐婉，蹦来跳去的。她能不能从此重新抖擞，不再毁自己，不再折腾？我掏出手机想打给她，但接着空气中劈头盖脸扇过来一个个大嘴巴。

  我步伐稳健地走进我的汽车，但眼中的一切都开始面目全非。视野中的镜头开始丢帧，就跟用破旧 DVD 机看划伤的影碟一样，那些楼宇汽车、树木灯火，还有夜空和星辰，一切的一切全都像卡碟了一样，散落不知何处。

三十九

幻影与永恒

一觉醒来睁开双眼,发现自己像被冲到海岸边的漂流者一样趴在床上。床边四散着些墨绿色的啤酒瓶子,它们是我头痛欲裂的罪魁祸首。我像只海豹一样用双手撑起身子环视了一下四周,接着疲惫地跌回到床上。卧室里安静得极不自然,我觉得我们小区就没这么安静过,往常那些遛早儿的老太太和放傻气音乐跳晨操的中年妇女呢?我翻了个身,一缕晨光像远方狙击手射出的子弹般直捣我的眼睛。我摸到手机看时间,发现有十多个刘甲的未接来电,还有他发来的两条微信。

第一条语音是刘甲歇斯底里地喊着:"你大爷孙勃,我去药店一问,人家告诉我万艾可是伟哥!有你这么坑人的吗?我心情这么差就说想和你好好聊聊,你让我拿伟哥当安眠药吃你安的什么心!你真是缺了祖宗八辈的德了!"

第二条语音刘甲的情绪稍微平和了一些,他淡淡地说了两个字:"混蛋。"

我慈祥地笑了,翻滚着刷了刷朋友圈儿,给一些有业务往来的朋友点赞并热情地评论,然后将手机扔到边上,从黏稠的床上爬起,穿着裤衩儿走到洗手间尿晨尿。镜中的那个家伙憔悴不堪,瞳孔充满落寞。股间涌出水柱,我呆视着水花,突然想起昨天似乎发生了一件让我崩溃的事儿。收好家伙后我洗了把脸,耷拉着裤衩儿坐到客厅的沙发里打开电视。我盯着电视痴呆地一个又一个换着台,脑子却在寻觅记忆中那件让我崩溃的事情,就像寻觅一个被清晨打断的梦。

唐婉要出国了,我蓦地想起,她正打点行囊准备动身,践行她这辈子都不会爱上我的承诺。

想到这里,我如同中弹垂死的士兵一样栽到沙发中。

"昨日晚间,北京一男青年于鼓楼东大街非机动车道上逆行倒车,与前方车辆发生追尾。"电视中传来播音员的声音。

我翻过身,看到电视里的赵扬正傻乐着接受采访,一副不以为耻反以为荣的赖样儿,丝毫看不出悔改之意和心情不好。我站起身走回床边,电话响了,是赵扬。

"外!"赵扬的声音充满兴奋与迫不及待。

"外,北京男青年,我刚说给你打电话呢,你上电视了。"我说道,"你能给我讲讲什么叫逆行倒车与前方车辆发生追尾吗?"

"嗐,就是我倒车的时候把后头一车给撞了,不知道怎么就让他们算成追尾了。"

"唉,每个人都需要他的撞车。"我呈刘柠状。

"对了,我跟你说一特牛的事儿!老彭把那四十万制作费打过来了!"

"牛啊!"

电话挂上了,这个活儿终于齐活了。盛世阶梯打过来了四十万的制作费,我算了算,三四万给之前向他们买歌的小孩儿,还有找乐手录真乐器和编曲的钱,再结完给刘甲的棚钱,剩下的我跟赵扬半儿劈,每人能落十几万。洗漱一番后我看了眼时间,发现已过午时。随便吃了口饭,我和赵扬约在一起去了盛世阶梯公司,把做好的成品母盘递交给彭总。为了长远的合作,在公司我和赵扬又把彭总一通狂拍,那马屁响的啊!我这么无耻的一人自己都听不下去了,在我们嘴里老彭已经牛逼得不能再称之为一个人了,最次也得算是一瑶池仙女下凡尘。刘柠就更别提了,简直就是王母娘娘本人转世。我们狂吹了一通诸如刘柠怎么怎么肯定能火,到时候唱片怎么怎么大卖等,彭总美得眉开眼笑,几欲翩翩起舞。

"所以,我们要一起继续努力。"最后,彭总总结发言。

从老彭那儿出来以后,赵扬把正在家里写宣传文案的 QQ 叫了出来,我们仨一起去了高级的国贸,说是要买点好衣服奖励奖励自己。到国贸后我们转了一圈儿,什么都没买就出来了,显然赵扬发现他还没到伪资本家乍富花几万块钱买一件衬衫的时候。之后我们去动物园批发市场进行了采购,那衣服的价格才真是令我们这些艺术家如鱼得水。赵扬和QQ买了可以让他们和他们的孩子穿一辈子的衣服,我只买了一双帆布鞋。

从"动批"出来后,一对情侣状的年轻人在吵架,引得路人侧目。

"我也想好好跟你过,可你有钱吗?人家天天开宝马接送我上下班啊!"女人大喊道。

"你嫌我没钱?你身上的衣服还是我给你买的呢!"男人抹了把脸,悲愤地说。

我听到是这种风格的吵架,觉得很不是滋味,于是快步走向远处,爱看热闹的赵扬仍不时频频回头。

"感情是不应该用钱来衡量的,不是吗?"QQ突然问赵扬。

"当然不是了。"没等赵扬答话,我的回答已冲出喉咙。

晚上我们以庆功的名义去大吃了一顿,刘甲大钱儿什么的都叫来了。刘甲像祥林嫂一样逢人便讲我将万艾可说成安眠药让他服用的丑恶行径,所有人在听到这个故事后都笑得惨绝人寰,充分暴露出人性的阴暗面。大钱儿照例是催我还四百,未果后继续对我们进行阴阳怪气儿的赞赏。席中赵扬喜形于色豪气冲天,QQ在旁也是一脸得此佳偶夫复何求的表情。众人皆沉浸于快乐,没人注意到我强颜欢笑无精打采。

QQ第二天还要上班提前走了,我们走出饭馆已是零时,钻进赵扬被撞歪了屁股的车,车缓缓前行。为了省油,赵扬宁死不开空调,窗外热风扑面,闷潮无比。

"勃子,你说咱们这是不是就算成了?火了?"赵扬问。

"还不算吧。"我答道。

"你记得这儿吗?我追过住这儿的一个姑娘。"在车拐过洋桥的时候,赵扬说。

"记得,不就那个幼儿园老师嘛,你每回经过这儿都得说一遍。"

"那天一个同学给我打电话了。你想想,都没我微信的人,关系得多远,听了《除了我你还爱谁》,打电话问是不是我,还套了半天近乎。"

"你没立即表明身份啊?"

"必须表!哥们儿当时就说了,那就是我大笔一挥随便弄出来的小玩意儿。我跟她说我们现在还做一个新艺人呢,过一阵儿就推。"赵扬面有得色。

"就应该这样儿!以后你火了,让那些拒绝过你的傻妞儿全抱着墙根儿哭去!"我恶狠狠地说道,"早都干吗去了!"

"你跟你那真爱怎么着了后来?"赵扬小心地问。

"姐们儿这就出国了。"

"是嘛。"

"没事儿,翻篇儿了,你不提哥们儿已经快把她忘了。"

"那就好……"

"你跟 QQ 准备怎么着啊?"

"还那样儿呗,我是想好好交,然后就结婚一块儿过日子。"

"来真的啊?你可想好了,你看刘甲那个,又订婚又悔婚的,这以后真要结了还指不定怎么着呢。"

"你这想法儿就不对,你不给女孩儿希望,人家凭什么跟你啊?最后人老珠黄没姿没色你看不上人家了,你们俩散了,她再想找下家儿,找谁去啊?"

"你说的也对。"我随口应道,"你还真挺好男人的。"

"要不说嘛,原来撅我的女孩儿以后就后悔去吧!"

"那你现在还和QQ吵什么架啊?"

"这两人在一块儿怎么不吵啊?诶,你还记得这儿吗?我追过这儿的一姑娘。"在车拐过陶然桥的时候,赵扬说。

"是那个护士吗?咱俩还一块儿来过她家呢,你给人送花儿。"

"我当时怎么追她的,天天给她送花儿,真傻缺!"

"唉……"我突然觉得自己跟赵扬有些相似。

"我再也不想她们了,我要好好儿跟QQ过日子!"

"对,好好儿过吧。"

"不是,我就特好奇,你那真爱是一什么样儿啊?能把你迷成这样儿,比刘柠还尖?"

"就那样儿吧。"

"说实话,富二代里能长成刘柠这样儿可太不容易了,说是凤毛麟角也不为过。最重要的是,我觉得她是不是对你也有点儿意思啊?"

"我真没觉得。"

"我看你们俩最近走得挺近的啊,还老让你送她回家什么的。"

"你放心吧,什么都没有。我对她没有那方面的感觉,而且哥们儿也不会把感情和工作混到一起。"

"我就一说,你就一听。"赵扬道。

"省省心吧。"

"诶,勃子你记得这儿吗?我追过这儿的一姑娘,就广院的那个。"在过左安门桥的时候赵扬说道,说完他自己也乐了。

"我其实真挺佩服你的,全北京你得追过多少人啊?"我也乐了。

是啊,在浩瀚的北京城中,散落着许多被赵扬追过的明珠。在无垠的宇宙中,我却单单只爱那一个人,她认为她是我脑海中的幻影,我却认为她是我的永恒。

四十

街边斗殴

一场秋雨一场寒,没过几天,北京就下了场雨,树叶洒了一地,寒气随之渐起,我的白酒也喝得越来越惬意。在一次喝大后,我借着酒劲儿鼓起勇气给唐婉发了个短信:

"Hi,唐老师,最近怎么样,吉他还在练吗?:)"

意料之中,这短信仍是石沉大海。

我说服自己相信她不理睬我完全是出于为我好,让我不要越陷越深的善意,这令我可以放纵自己继续肆意浑浑噩噩地生活。

我和大钱儿打赌我一洗车就下雨,赢了清那买吉他的四百元债。大钱儿见烈日当头立即拉我去洗车,洗到一半儿天降暴雨。那场雨来势迅猛,连《哪吒闹海》和《新西游记》剧组都倾巢而出在南三环一些下水不通畅的地方为龙宫取景。大钱儿在雨中迎风凌乱,一边拭去温柔滑过面颊的雨水,一边对清债这事儿矢口否认,一口咬定我提前看天气预报了。我在雨中望着他,那一刻,大钱儿不卑不冗浑然天成的无耻令我深深折服。

我不再看《了不起的盖茨比》，我不再听 *With Or Without You*。为了从唐婉出国的消息中逃出来，我上网买了近百本宗教哲学方面的书，又去赵扬那用硬盘串了几十 G 的音乐，天天在家就是各种听音乐看书。

那是一波日夜颠倒的阅读狂潮，也是我人生中最认真的一次试图用人类理性的理论去面对和解释人类感性中最无逻辑可言也最猖獗肆意的爱情。

我需要一种智慧、一种知识、一个答案来解答我的扪心自问，我想知道我是不是真的出于对艺术作品中壮烈凄美爱情的心驰神往，才理所应当地认为自己需要歇斯底里地坠入爱河，爱到忘了自己姓什么。因为我仍是如此难以理解我对唐婉的这份爱究竟是如何悄无声息地变得顽固不化，令我方寸大乱失魂落魄，任我百般妄为想尽招数，它却依旧如影随形，以致我最终听之任之，麻木并享受之。

在一目十行地汇总了大量人生观价值观后，我对各朝古人各界哲学家深表遗憾。这些潦倒凄惨一辈子没活明白的大文豪大艺术家出于一种对自己判断力近乎自大的自信为众生勾勒出甜美幸福生活的画卷且一人一说法，但读过之后我仍是迷惑难解。

看书从不曾对我起过养性修身的效果，但亦从未有过这种阅读后烦躁不减反增的懊恼。

这天傍晚，我在微博上居然看到了我们给美韵做的那首《除了我你还爱谁》的MV，已经被转了十几万次。那MV当真是怎一个"土"字了得！DV画质下，美韵小姐身穿一条短得不能再短的裙子，脚踏一双三十八厘米恨天高昂然立于北京某立交桥上，声情并茂以致五官痉挛浑身乱颤地唱着："我吃完这碗面，就想起你的脸。"背景还用二十世纪八十年代的特技水平弄了一堆粉的白的红的黑的玫瑰花瓣在她的身边飘落，把我恶心得抓耳挠腮。

　　制A还欠我们一万二呢，这孙子。想起这出，我立即打电话给制A，打了三四个都不接。我给他发短信，"制A老师，咱们那账怎么着了？Hehe"。半小时后制A回道："不好意思，我最近都在国外，等我一回国就给你办。"

　　晚上三环十三郎钱哥又给介绍了一个自费歌手，约在刘甲的棚，我胡乱吃了一口方便面就出发了。到了刘甲的棚里见着要掏钱的大哥，聊了两句我就知道不靠谱儿。大哥是一玩儿糖蒜的，据说全北京的糖蒜都归他管。但现在也要出专辑了，要玩儿"节奏布鲁斯加河北梆子"，自称"热爱国粹尤其是河北梆子"，而且心胸开阔有包容力，要"吸收西方音乐的优点"。有钱就是牛啊，人说玩儿什么就玩儿什么，我跟赵扬一个劲儿地点头哈腰，说我们就擅长布鲁斯喜欢中国传统曲艺，平常没事儿就用二胡音色在布鲁斯十二小节套子里即兴演奏。但后来我们撤了，敢情大哥根本就不愿意出钱，是想给我们等价的货。太缺德了，我们辛辛苦苦弄出一张R&B加河北梆子的专辑，然后每人拉几车糖蒜回家？他也不怕齁死我！

　　独自开车回家的路上，我从三环劲松桥掰了出来，等拐到由西向东的路上后,我才突然发现自己身处平乐园。我驶进辅路,挂上空挡遛着车,盯着平乐园市场发呆。故地重游,心中一片怅然。

正在盘算着要不要一会儿直奔北工大宿舍楼,一辆富康嫌我挡路,在我后面狂晃大灯狂按喇叭。

噪声令数月来的邪火儿刹那汇聚到了脑门儿顶上,我一脚刹车踩下去把车钉在了路上。后面的富康司机吓了一跳,也跟了一脚急刹车停在原地,紧接着继续狂按喇叭。我狠狠地拉上手刹,打开车门跳下车去指着后车大骂。一个一脸横肉的矮胖子司机打开车门蹿下车,也指着我鼻子大骂。接着他们车上又下来三个人,看上去都很黑恶的样子。我想都没想,一拳抡到矮胖子的上牙床上。另三人一愣,接着大骂着扑了过来。我视若无睹,将矮胖子扑在地上殴打。理论上,我知道脚步移动在搏斗时的重要性,但我身体中的一个声音正渴望失控与纵情。身边是骂声和雨点般的拳脚,而我不管不顾地攻击着矮胖子的眼睛和鼻梁,直到疼痛与酸软令我蜷缩在地上抱头护住要害。矮胖子喘着气站起身,和剩下三人将我围住,边踹边叫嚣。

"回去打听打听我是谁!"矮胖子抹了把脸上的血,转过身钻进车里,油门儿轰到底倒着车扬长而去,围观群众避之唯恐不及。

"这么牛你们别走啊!"我为了说这句台词,一口气没倒上来,疼痛传遍肺腑。我费了老劲坐到了马路牙子上,气喘吁吁。我身上有很多血,但具体从哪儿流出来的也不知道。我恶狠狠地瞪着每一个朝这边看过来的围观群众,仿佛与每一个人都有血海深仇。

四十一

赵扬的看望

那天晚上我自己去了医院,路上遇到交警查酒驾,问我这一脸血是怎么回事儿。我和交警说我是演员这是拍戏的需要,现在着急转场妆都没卸,这是糖浆和人造红调的假血是甜的,不信您尝尝。交警一脸厌恶,一边摆手让我过去,一边说就烦你们这帮剧组的。

一进急诊室我就发现手机丢了,我"噌"地一下蹦起来,用医生办公桌上的座机给我手机打过去,发现已关机。想到如果唐婉在走之前要见我打来电话却无人接听,我"砰"地一下瘫到椅子上。接着又想指望唐婉会联系我无异于痴人说梦,登时心如死灰,那感觉比挨打要痛得多。受了惊吓的护士继续给我包纱布,而我已不再感觉到疼痛。

我麻木了。

花了两千多医药费,在去医院门口儿的 ATM 取钱时我一脸慷慨赴死的从容。除了浑身瘀青脑袋开花缝了三针之外,我左下排的牙还掉了一颗,右眼也让那帮孙子给封了,肿如卡西莫多。我发现自己后悔了,我何以竟幼稚地认为暴力可以舒缓神经?显然打谁一顿或者被谁打一顿绝无法宣泄堵在内心那个地方的淤结,那里深不可测,只有爱情能够抵达,疼痛根本鞭长莫及。

到家已是凌晨,除了那只总是躺在我车位上的白猫,小区里空荡荡的,如同我心。我爬进家门,翻出备用手机窝到床上,用给几个记得号码的人发了消息,说我手机丢了,先用这个号儿。折腾后辗转难眠,将音乐 App 里红辣椒的 *Scar Tissue* 设成循环播放。耳边音符乱舞,眼前一黑,渐渐不省人事。

第二天醒来后我没有起床,我一直躺在那儿,发愣,走神儿,想象唐婉收拾行李、办护照、在街上看袋鼠的情景。我不停地对自己说真爱不是为了得到,真爱若是久长时,又岂在朝朝暮暮海角天涯。

下午我致电赵扬,问他几个新接的活儿,并告知他昨天我被人打了。赵扬冲来我家,从头问到尾,并埋怨我没有记下对方的车牌号。了解情况后他说去那片儿道上打听,迟早能找着正主儿。我对报复无丝毫兴趣,让他不要多此一举。赵扬正色问我是不是因为那个女人,我矢口否认。赵扬一脸不悦,掏出电话要叫人,被我一把拉住。

"没必要,这样儿打来打去特没劲儿。"我窝在沙发里说。

"勃子,原来上学那会儿谁多看你一眼你都得找碴儿打人一顿,现在你为一女的成这样儿了,值当吗?"

"我说了跟她没关系。"

"不是才怪,我还不知道你!不是,你觉得值当吗?"

"对,是不值当。我知道不值当,有用吗?哥们儿现在就是坠入爱河了,傻缺了。我也不想,你说怎么办吧?你告儿我怎么办!"

"你别烦,我也没别的意思,咱俩这么多年了。"赵扬道,"一家儿兄弟,我咽不下这口气。别人打我成,不能打我哥们儿。我说去抄那帮孙子也是想给你出气,让你心里痛快点儿。"

"我没烦,我不痛快也不是因为打架这事儿,找那帮人没用。"

"那什么有用?"

"其实什么都没用,除了让我爱的人幸福。"

"勃子,这话从你嘴里出来,我怎么觉得这么新鲜啊?你这回是来真格儿的了?"

"对,我也不想。"我抄起边上的吉他,随便弹了几下,结果发现自己弹的全是 *Vincent* 的和弦。我恼羞成怒,将琴扔到一边,琴弦发出一阵响声。

赵扬无语。

"你是不是也觉得我挺傻缺的?"我问。

赵扬不语,点上根烟,像个艺术家一样苦大仇深地抽了几口。

"这么着吧,你告诉我那女孩儿是谁,哪儿的,我去找她聊聊,让她跟你在一块儿。"赵扬非常认真地说。

我扑哧一下乐了:"大爷,我真服你了。我都说了我这回是真爱,我不求她爱我,她只要能爱她自己珍惜自己,能幸福快乐,我就快乐——你不懂。"

"我怎么就不懂了?"

"算了,不说这些了,爱谁谁吧。你呀,也别多想了,你就好好地跟QQ过你们的小日子吧。"

"唉……"赵扬叹道,"说实话,就算你爱上的是一天仙,但我真觉得刘柠长得也不次啊,而且人家对你也有点儿意思吧?"

"大哥,你老提刘柠干吗啊?我真没觉得她对我有意思,我觉得那姐们儿性格有缺陷是真的。"

"咱就算不冲长相,她们家那仨矿一天的流水分点儿给咱们,咱们这辈子也踏实了啊。"

"再说吧。"我应了一句,从棺材般的沙发里站起来,走进洗手间排尿。看着镜子里缠着绷带的脸,还有伤痕下若隐若现的黑眼圈儿,我再次觉得自己非常可笑。

之后赵扬亲自给我炸了一大盘儿花生米,我们一块儿喝了两个牛二,就着酒又聊了好多爱情与往事。酒至酣处,赵扬又开始描绘未来,诸如我们都发达了以及他和QQ从此过上王子公主般的幸福生活。听到"幸福"两字我心中极苦涩,我想见唐婉,便把杯中酒闷了。

赵扬临走前我向他要了刘柠的号码,在他走后我打给刘柠。

"你干吗呢?"我问。

"孙勃?你换号了?我在听音乐。"刘柠的声音。

"手机丢了,这是我另一个号儿。你脖子好些了吗?"

"没什么事了。"

都没话了。

"你没事儿就好,那我挂了。"我说。

"喂。"

"怎么了?"

"你还好吗?"刘柠问,"听你的声音仿佛不太舒服。"

"没事儿,我就是喝了点儿。你没事儿就好,我挂了。"

四十二

不走心的 K 歌

在家养了几天，皮肉已无大碍。这日起来蹦蹦跳跳，似已可随心所欲，黄昏时分便踽踽走出家门，秋风瑟瑟，满城飞絮，蓦地心痛彻骨，又想起了唐婉。天边夕阳西下，一抹流云，佳人音信杳然，此情此景，颇有目送芳尘之感。驱车归家途中，刘柠发来短信。

"你干吗呢？"

"我说去棚里呢，你呢？"我趁着等红灯回复。

"我想唱歌，陪我去唱歌吧，朝外 KTV，半小时后见。"

"都谁啊？就咱俩啊？"我问道，心中想象我们俩丧着脸在 KTV 对唱的奇怪情景，也不禁怀疑难道她真的对我有意思。

"对。"刘柠回道。

"那好吧，一会儿见。"我回道，心中默念一个月一个亿。

"你这是怎么了？"一进房间，刘柠看到我一脸瘀青，有些吃惊。

"没怎么,前几天跟人打架来着,我不就好个见义勇为嘛,小事儿,已经了了。"我笑道,在刘柠对面的沙发上坐下。刘柠上身穿了一件画着 Rolling Stone 吐舌头 LOGO 的七分袖衫,半长的头发轻洒在双肩上,脸上有些残妆,韵味与往日小异。只是状态仍是照旧,冷着俏脸,屈膝踩着沙发坐在那里。

"你脸上伤挺严重的样子。"

"没事儿没事儿,这绷带都已经拆了。前几天那视觉冲击力才牛呢,直接拉好莱坞演 *The Mummy Returns* 里那'mummy'一点儿问题没有。"

"你的脾气太怪了,怎么这么幼稚,还和人打架?"

"谁能有你脾气怪啊?"我暗想,嘴上却说:"你今天怎么想起唱歌儿来了?"

"就是想唱了。"

"噢,你今天化妆了?美得我都不敢看你。"我阿谀道。

"刚才公司安排去拍照了,刚拍完。"

"噢,肯定拍得特别好看吧?诶,你怎么没叫 QQ 他们一块儿过来啊?"话刚出口我就后悔了。

"就是想静一静。"

我认为提议唱卡拉 OK 的人本意是想静一静这个逻辑并不通顺,但只是笑了一下没说话。刘柠也没再说什么,转过身去点歌,侧颜倾城。

"点歌吧。"刘柠注意到我在看她,转过头去,我也赶紧转头。

"左手一只鸡！右手一只鸭！身上还背着一个胖娃娃呀，咿呀咿得儿喂！"我扯着脖子吼道，一副悲从中来的样子。刘柠虽然故意不看我，嘴角却有了些笑意。

一首唱毕，第二首还是我的。

"送你送到小村外，有句话儿啊要交代，虽然已经是百花开，路边的野花你不要采，"我手舞足蹈地吼道，"不采白不采啊！"

"树上的鸟儿，成双对啊，绿水青山带笑颜啊！"唱了几个特别岔的老歌儿我就烦了，第三首歌儿我唱了开头就停了下来。刘柠坐在边上不出声儿，我也有些无趣，这要往常赵扬跟我一块儿，早就狂笑狂唱起来了。想到这里我切了自己的歌儿，把刘柠点的歌插播到前面。刘柠点的是卡百利的那首 *Ode to My Family*，她看到自己的歌出现，便拿起麦克风放到嘴边。

从刘柠喉咙中发出的声音被麦克风拾进又被音箱放出的第一秒起，我幡然悔悟，觉得站在制作人的角度，这样的嗓音唱她专辑里那些大俗歌儿真是暴殄天物。那歌声出口即如潺潺细流，耳边劣质的 MIDI 伴奏和眼前屏幕中以风光片为内容的假 MV 画面也随之烟消云散。闭上眼睛，仿佛 *Dolores* 本人坐我身边儿唱呢。一睁眼看到刘柠，登时感觉穿越而又错乱。

一曲完了，我茫然若失地鼓起了掌。刘柠看了我一眼，一言不发。我过去把点歌机里我点的那些岔歌儿都删了，并点了许多我喜欢的女歌手的成名歌曲。刘柠也不问，新歌出来了就一首首地唱。我瘫在沙发里无言地听，刘柠就坐那儿静静地唱，俩人谁都不理谁，沉浸在音乐里。刘柠模仿那些知名女歌手的特点都模仿得极像,但又会加上很有她个人特色的小拐弯儿。遇到不会唱的歌儿时,她就跟着伴奏照着歌词即兴演唱,声音可谓绕梁三日。

"太讨厌了。"正在唱着,刘柠拿出手机看了一眼,然后甩到一边,说道。

"怎么了?"我很纳闷儿。

"你自己看。"刘柠指着手机,同时按下了墙壁上的静音按钮。

在这突如奇其来的冷寂中,我拿起沙发上刘柠的手机。一条短信,内容如下:

"我想找一条不伤害双方感情和尊严的道路,但看来,我失败了。呵呵,我失败了,能不能双赢?不伤害双方,又能让彼此幸福的道路,有没有这样的一条路?事情搞成这样,无疑是因为我处理问题的方式,但坦率地说,你需要负一部分责任,因为我无法和你沟通,不能充分理解你的意思。在感情方面,我不是说我自己是圣徒,我也有性欲,我也会勃起,我高中的时候还早恋,但我之前确实没有追过任何女人,高中毕业后我唯一追过的人就是你,我是真的爱你!"

很长的短信,内容荒诞滑稽不知所云,我本来想笑,但看到最后一句"我是真的爱你",就没笑出来。

"这什么情况啊?"我问刘柠,"你还没发片呢,粉丝就这么狂热了,这追求者是干吗的啊?"

"你看看发件人。"刘柠冷冷道。

我低头一看，发件人处赫然写着：刘洋录音师。

"我去，刘甲是吗？！"我没绷住笑道，"他这是什么路子啊？他爱上你啦？"

"我觉得这个人神经有些问题，前一阵一直给我打电话约我出去，我后来不接他电话，他就给我不停地发短信。"刘柠道，"之前的短信也全都莫名其妙不知所云。"

"噢，这么回事儿啊，怪不得还要和我聊什么爱情。"我眼珠子一转，"你别理他就完了。"

"我不屑于理他。"刘柠道。

"对，这样儿也对！你别理他，他和他那女朋友都好七八年了，前一阵儿闹分手弄得死去活来的，又说要结婚又悔婚什么的，还跟你这儿号称真爱。但咱们面儿上也得过得去，我不好帮你说什么。你就短信也别给他回，臊着他！"我突然带着些优越感笑了起来，笑着笑着，却蓦地僵住了。

这情景这感觉这画面这气味儿如此熟悉：发短信石沉大海，口口声声说着真爱，自己被自己感动，自说自话自怨自怜。这……

这不就是我吗！！！

就像一个人正美得不知道自己姓什么的时候，突然被人用枪顶上了后腰眼儿一样，一瞬间，无数个无形的大嘴巴噼里啪啦地抽上我的脸颊。蒙了！对啊，当时我追唐婉不就是如此不厌其烦地发着一个又一个长篇大论一厢情愿不知所云的短信,等着人家回复吗?

"你怎么了?"刘柠见我面色有异,问。

"没什么,爱情这东西,嘿嘿。"我恶狠狠地笑道,"真是讽刺,自己的事儿在自己身上从来看不清楚,放到别人身上,就一下儿明白了。"

刘柠转过头没说话,接着我们俩就这么坐在静音状态下寂静的KTV包间里,谁都不搭理谁,看着屏幕中各种MV的默片,比刚才一唱一听的情景荒诞很多。

正尴尬着,手机响了,英子发了条微信,说不知道当讲不当讲,但还是想告诉我,唐婉今晚上飞机。我没有回复,将手机揣到兜里,刘柠已戴上耳机听音乐,我们俩继续各自坐着,一言不发。

良久,我掏出手机写了一条短信:"听说你要出国了?是今天走吗?入关了吗?一路顺风。:)"但刚写完,我就狂按"取消"把它删除了。

"唐老师忙什么呢?"我又重新写了一条,但打完字后我又狂按一番"取消",没有发出这条短信。

"唐老师,你最近……"

还是没写完,就又将它取消了。

包间内无比缄默,天花板极其空旷。我抬头发呆了很久,站起身对刘柠说要去放水,走出了房间。在走廊尽头,我掏出手机按下那早熟记于心的号码打给唐婉。

"喂。"电话响了很多声后接通了，听筒传来唐婉久违的声音。

"唐老师，忙什么呢？"

"孙老师啊？你换号儿了？我在去机场的路上。"唐婉声音听上去状态挺好。

"手机丢了，这是我另一个号儿。你今天走啊？我听英子说你要去澳大利亚，我就说打一电话问你一声儿。东西都收拾好了吗？"

"是的，都收拾好了。"

"去几年啊？"

"还不清楚，先过去待待看吧。"

一阵安静。

"你最近怎么样？"唐婉问。

"特别好特别好,事业有成年轻有为。但是,那什么……"我笑道，"我心里还是挺放不下你的。"

"谢谢你……"唐婉静了一会儿，"也希望你好起来，走出来……"

"嗐，身不由己身不由己，要说走就能走出来，也就不存在什么掉进去了。所以，你也就别说谢了。"我努力让声音显得开朗，"其实吧，走不走得出来我也无所谓，估计人这一辈子真爱也就这么一回。现在我已经调整得挺好的了，我觉得这样儿自己一人儿每天想想你爱着你，感觉也挺好。"

"谢谢你，我们出国以后邮件联络吧。你多保重，我快到了。"

"好的好的，那什么，微信给我加回来呗。"

"哈哈，好的，我都忘了。对了，孙老师，你发我的那首《天使在人间》很好听。"

"这，你什么时候儿……你听啦？"我脑子飞快地转了一下，想来是天天宿醉那阵儿喝多了发给她的。

"是的，我觉得是你的歌儿里我最喜欢的一首。"

"你能喜欢我太高兴了。"我傻乐道。

"嗯，很不一样。"

"因为是写给你的。"我说。

"谢谢你。"静了几秒，唐婉说。

"这歌儿最近被一歌手收了要当主打，估计到时候国内都会放。"

"恭喜你。先这样儿吧。我要下车啦，再见啊。"

"再见，喂，喂！一定要照顾好自己啊！"

"谢谢你。"唐婉的声音悠远，"你也照顾好自己。"

"一定一定，拜拜。"我笑道，心里想着：你一定要好好爱自己。

"拜。"

电话挂上，我悲观的宿命感幕地涌起，令我非常感性地认为这是一次永别，我甚至对我们将终生无法再见面老死不相往来深信不疑。我朝包间走回去，心情本是要悲壮起来的，但在想到"真爱"二字后，我全身的脉络却轻松了起来。

进房间后，我对还抱着腿坐在沙发上听音乐的刘柠说，差不多咱就撤吧。刘柠意味深长地扫了我一眼，起身按服务铃买单。包间费小一千，我假惺惺地摸了摸兜儿，任刘柠把账结了。

"咱上哪儿去啊？"从 KTV 出来钻进车里，我问坐在副驾上的刘柠。

"我没有什么计划。"

"那咱蹦迪去吧？这儿离着工体也不远，直接上 Coco Watermelon 耍一道去。"我龇牙笑着，一副正面人物准备自甘堕落的表情，"跳多了喝，喝多了吐。"

"你喜欢夜店吗？"刘柠似乎有些吃惊。

"喜欢。"我咬牙道。

"想不到。"刘柠皱了皱眉，冷冷地对她面前的风挡玻璃说。

"你不知道，夜店是全世界放屁最安全的地方儿。你想想啊，还有能把音乐声儿开成怎么大的地方儿吗？我站你面前放多响的屁你都听不见，多自由啊。我要去放屁！崩死那帮土包子。"

刘柠咬着嘴唇想忍住笑，但还是浅浅地笑了出来。

"刘老师，你能告儿我你平常干吗老板着脸啊，冷冰冰的。你看你现在笑起来多水灵啊，没事儿多笑笑多好，以后你上通告的时老板着脸，这多得罪媒体啊！"

"这是你真实的看法？"刘柠收起笑容看了我一眼，又转回头去说。

"什么真实看法？多笑笑肯定比成天板着脸亲切多了吧，要不太丧。你问谁人家也肯定都是这看法。"

"并不是所有人都值得你亲切对待，很多东西都是相互的，爱是相互的，亲切也是相互的。那些心里肮脏和市侩的人，怀着他们不可告人别有用心的恶毒想法，并没有用心和我交流，我为什么要去迎合他们？"

"嘻，谁不一样啊？我也是一样。人都是为了自己活着嘛，光成天玩儿精神胜利，有屁用啊？想挣钱想过好日子，想要好房好车，谁没想过啊？我反正是想过。"我说，"这年头儿谁要你的真心啊？谁稀罕你的才华？没钱什么都没戏，你看我怎么爱那谁，人搭理我吗？"

"你真矛盾，你工作时说的那些虚情假意的话让我根本不想多看你一眼，但你提到爱情的时候，就变了一个人，目光都清澈了。"

"是吗？就我这样儿还清澈呐？赵扬说我是李清照本人。"我笑了。

"你提到爱情的时候跟你平常的状态不一样，在那个状态下我愿意跟你聊天。"刘柠仍然盯着风挡玻璃说道，"你平常在录音棚里那副样子很让我反感，说的全是言不由衷的假话，让我不想理你，但你一提到爱情，就又成了一个真诚的人……"

"能把一个虚伪的人变得真实，这也是爱情仅有的怎么点儿优点了吧。不说这些了，咱们去哪儿？庆祝一下我的真爱出国与我永别！"我道。

"她出国了？"

"对，骑袋鼠儿去了，再也不回来了，我们这辈子也见不着了。"

我狞笑道,"说吧,去哪儿耍?"

"我都成。"

"那我送你回家吧。"我就讨厌这样的回答,什么"都成""随便"。

"那先去我家再说吧。"

"好。"我说道,一脚油门踩下去,将车抛进枯黄色的北京街道。

四十三

和刘柠的开始

送刘柠到家已是八点多快九点了,秋夜微冷,枯叶漫天轻舞,街上树树无情。我们在她家小区里吃了一顿很奇怪的饭,饭局中我俩总共说的话不超过三句,在KTV包间里各自为战的情况沿袭至此,仿佛任何话语都难以启齿。

于是,很长一段时间里,我们都愣愣地坐在那个只卖饺子和锅贴的饭馆内。刘柠没怎么动筷子,就那么听着她的歌儿。我想象着唐婉登机的情景,一通狂塞,还自顾自喝了一个小牛二。饭后我送刘柠到十三号楼下,身心疲惫头晕脚软地说我先撤了。刘柠说我喝了酒不能开车,最好先醒醒酒。我说要方便就上你那儿先待会儿,刘柠侧首点头。

刘柠家是一间整洁的一居室,客厅里点缀着些懒散而又随意的家具,比传统意义上女孩儿的房间更潇洒一些。我看破红尘般地在客厅沙发上坐下,任心绪随盎然的酒意肆意下沉。刘柠说要先去洗澡,走进了洗手间。于是我打开电视看各种没劲的卫星频道，换台换个不停。

　　过了二十多分钟，刘柠裹着大浴巾走出洗手间。只是不经意地一瞥，瞬间，我的身体便有了反应，就仿佛所有酒精都噌地涌向了两股。合乎情理地，在下身坚挺的那一刻我觉得自己无比龌龊。我虔诚的爱情观认为我应该少年维特般为爱情忧伤非唐婉不硬，我忠贞的道德观认为我须得清心寡欲为唐婉终生阳痿。可面对这不请自来的勃起，好吧，是前所未有的坚如磐石般的勃起，我除了惭愧和矛盾外无能为力。事实上，虽然生殖器官充盈地顶着裤子欲破茧而出，但我确实一点儿性欲都没有。

　　刘柠旁若无人地弯腰开抽屉，背对我坐下，拿吹风机轻描淡写地吹头发，举手投足间红袖添香。倏忽间，我觉得自己成仙儿了。我深吸了几口气调整呼吸，但那家伙却不软反硬。我掐了自己大腿数下，下手极狠，感觉隔着裤子都往外滋血，却于事无补。

　　蓦地，我觉得我被生活的戏剧性深深讽刺了。这是那种破偶像剧里的桥段，女的刚洗完澡裹浴巾出来，一个一本正经表情严肃的丧男坐在屋里。他眼神哀伤地说，我们不能这样，然后起身拍屁股走人。走之前可能还抱一下那个浴巾女亲个额头什么的，接着此女一脸感激，阳光灿烂，爱意满满。我记得我每每看到这种镜头都会大骂：扯淡，胡编乱造！不符合生理学，违背人性，反人类。要搁我，搁任何正常男人，早就扑上去了。可此时此刻，我面对美腿酥胸，违背人性地毫无纵身而入的欲望。

原来电视剧里演的都是真的!

因为身体上的问题,我尴尬地蜷缩起身子。刘柠似未察觉,鼓动的热风中,她的长发纵情飞扬,双乳仿佛马上就要跳出来。我仍然有些不敢相信我这么轻易就达到了雄性身心分家的至高境界——"柳下惠"。事实上,我正在为这种传说中的精神层面真的存在而感到诧异和不知所措。

很快,我把一切都归咎于爱情。我是指,都是因为爱情,我丢失了我的欲望、我的牛烘烘、我的察言观色、我的能说会道,我丢失了所有我与生俱来的性格。对,因为这生孩子浑身全是屁眼儿的爱情!

脑海中无数声音在骚动着,它们对我说刘柠如此不设防是在暗示我对我有意思,它们提醒我她家里有钲矿一天三百万。见我迟迟未动,它们甚至言辞激烈地质问我还在等什么,它们声色俱厉地怂恿我扑倒她,忘了那个一辈子都不会爱上我的人。

于是,唐婉的样子就这样悄无声息地出现在我的脑中。她正坐在一架波音七四七的座位上系安全带,之后她看着窗外,眼神迷离充满思念,手中握着手机,像是在被什么羁绊着。

"你们家猫呢?你不是说有一个叫'花花'还是'卷卷'的来着?"我不愿再想唐婉,于是开口说道。

"噢,它在我家里,不在北京。"

"噢,是吗?对了,一直没问过你,你家是哪儿的啊?"我问。

"山西。"吹风机的声音呜呜地响个不停。

"山西哪儿啊?"山西就对了,只有那儿满天飘煤渣儿。

"太原。"

"噢,牛啊。"三个矿,一个一天一百万,三个一天三百万。

又都没话了。

"刚才唱歌的时候,你在给那个女孩儿发微信,是吧?"刘柠关掉吹风机,面无表情地回头问我。

"真不是,姐们儿早把给我拉黑了。"

"那是在说关于她的事儿吧?"

都安静了。

"对,她不是出国骑袋鼠儿去了嘛,我叫我澳洲的小弟接待一下。你知道我这种有头脸的人,在哪儿都有些小弟兄。"

刘柠不语。

"诶,你说,有没有什么招儿,可以让一个人不爱另一个人?"我问。

"没有,就像没有方法让一个人爱上另一个人一样。"

"唉,科学都解释不了啊。"

"但是也有办法。"

"什么办法?"我猛一激灵。

"停止爱一个人最有效的办法,就是得到她。当你和她睡了觉,手牵手朝夕与共,每天醒来都能看到她,你就不爱她了。"

我无言。

"那要是得到了就不爱了,不就没天长地久和至死不渝了吗?"我说。

"是有的,但你现在这个状态得不到。"

"可就算你说得对,那也不具备可行性啊。人这一去澳洲骑袋鼠儿,甭说见面儿了,基本上这辈子差不多就歇了。"

"所以,你还没有明白吗?你的痛苦不是来自爱,而是来自求而不得。"

"我觉得不是……"我低下头,再抬起头时看到刘柠正注视着我,我还没来及有什么反应,她便起身走入卧室。

四十四

梦中的我爱你

耳边的声音怎么如此熟悉?

这是……一阵铃声?

上课了?

我眼开双眼,发现自己穿着校服趴在课桌上,周围是一整班的同学。这是在学校?我身上穿着高中时的校服,讲台上站着我高中时最烦的那个老师。

"原来都只是梦。"我舒了口气,轻松的同时却又疲惫不已。一股阳光流淌在教室的地板上,玻璃窗剔透晶莹。太好了,我还只是二八年华,我并没有沦为社会中众多老帮菜中的一员。我还是个学生,可以再无忧无虑浪费一些光阴,挥霍我的青春。

"太牛了。"想到这里如释重负,那些如影随形的压力似乎突然消失了。真可怕啊,我居然做了怎么长的一个梦?我梦到我老了，我和赵扬都老了。我们毕业了，离开学校在音乐圈儿混，生活无助而难挨。我记得我发现学校里教的那些东西根本没用，我们变得现实，吹牛拍马，也干了很多不要脸的缺德事儿，只是为了挣钱。我还梦到我爱上了一个姑娘，我爱她爱得要死爱得发疯，她……叫什么来着？

"赵扬！"女老师严厉的声音，吓了我一跳。

那一切都只是黄粱一梦吗？

"赵扬，你站起来！"老师道。

赵扬赖不拉几地站起来，歪着肩膀立在那儿，很不屑的样子。班里传来一小阵笑声，我也跟着笑了。

"你还记得你昨天交的作文儿是怎么写的吗？"老师问。

赵扬没出声儿。

"问你话呢！知道不知道！"老师微怒。

"不儿道。"赵扬的赖声儿。

"好，你不知道，我在这儿给全班同学念念，也提醒提醒你。"老师一边说，一边从讲台上的一堆作文纸里翻出一张。

"星期天的天是个大晴天，万里无云的碧空上飘着朵朵白云……"老师念道。

全班哄笑，我笑得格外开心。

"你跟大家说说，什么叫'万里无云的碧空上飘着朵朵白云'，到底有云没云！"老师急了。

笑声如钱塘江大潮，赵扬自己也乐了。我尖厉地狂笑，无意间一歪头儿，突然看见右边和我隔着一排桌椅的一个女孩儿也在很矜持地笑着。我的笑容瞬间僵住了，愣在了那里。为什么这女孩儿如此熟悉？霎时，我对她是不是我们班的学生产生了怀疑。她叫什么来着？唐婉？

奇怪，为什么我的心像被揪了一下？

又是一阵铃声，下课了，一干学子像放风的犯人般涌向操场。这感觉真美妙！我随着人潮刚一出教学楼，天空中的湛蓝色就如突然苏醒了般倏忽泛起，一阵鸽哨儿从耳朵右边飞到耳朵左边。风吹云过，树影婆娑，衬得整个操场都五光十色。我非常幸福地笑着，突然看到了远处独自一人的唐婉。

奇怪，为什么看到那个身影，我的心就隐隐而动？

"唐婉。"我走过去叫她。

"噢，孙勃。"她回过头，认出了我。

"咱们认识很久了吧？"我笑了。

"是啊，从高一入学到现在，一年半了。"唐婉也笑了。

"可为什么我觉得我们认识的时间要更长些呢？好像不止一年半。"

"那不可能啊。"

"也是，有时候我也觉得咱们好像根本就不认识一样。"

"为什么这么说?"唐婉问。

我愣住了,是啊,这是为什么呢?我为什么要这么说?等会儿,这操场怎么了?为什么开始旋转。"赵扬,赵扬!"我觉得站不稳,喊了几声。"赵扬,你来扶哥们儿一把。"我叫着望向操场,却发现操场上的人全消失了。我摇摆不定试图站稳,在奋力抬起头面对眼前的女孩时,她瞳孔中正波涛汹涌。为什么如此熟悉?我绝对在哪儿见到过这情景,它绝对发生过。那是在某个梦里,我曾经和她有过一些纠缠不清的问答,而在这一切结束后,我吻了她。

"因为我爱你!"我说了。

唐婉愣了一下,没说话,脸上出现一抹红霞,低头笑了。

"真的。"我补充道。

"有多爱?"唐婉问,她抬起头,似乎一点儿都不吃惊。

"用语言难以形容的爱。"

"那,你爱我多久了?"

"很久了,像一个永不停止的轮回一样爱,像一场从不停息的梦境一样爱,而且永远没有尽头。"我说。

"真的吗?"唐婉又笑了。

"真的,咱俩谈恋爱吧?"我突然觉得五脏沸腾,"你喜欢我吗?"

"我也喜欢你,但除非你做一件事打动我,我才能和你交朋友。"唐婉笑道。

这句话就像一针鸡血打进我的动脉,血沸之际,情难自控,心潮再也无法抑制。我走上一步轻轻抱住了她,她没反抗也没顺从,没尖叫也没说话。

我吻了她,低下头吻了她。刹那间,学校的操场变成了夜空下的草原,头顶上满天的星斗都在颤抖,双脚下遍地的青草都在战栗。她嘴唇的触感如同沙漠般干涩而凝滞,她的呼吸如同冰刃般锋利而刺骨。但她的舌滚烫如火,在我们舌尖相接的那一瞬间我几乎以为我吻上了一块炙热的炭。我闭上了眼睛,仔细而又惶恐地品味着她的唇给我带来的摩挲。蓦地,我颤栗起来,那怖意带来一丝触电般的痉挛。我害怕这是梦,于是我睁开眼,发现我吻的是刘柠,她正瞪着她那双美丽的眼睛呆呆地看着我。

我大叫一声,醒了。

仍然是黑暗,只是不见了爱人,不见了星辰和草原。

我猛喘几口气,令心悸平息,视线对焦。我盯着陌生的天花板出了许久的神儿,才想起这是在刘柠的床上。环顾四周,光影斑驳,窗帘家具时隐时现,刘柠如一条白蛇般露宿在我身边,吐息如兰,双肩如崖,后背的肌肉婀娜地夹凑出一条线,在她躯体上轻轻地蜿蜒。

我揉了揉眼睛,觉得很沮丧,仿佛刚刚做了场很纠结的梦。我努力回忆着,在那个梦里我仿佛爱上了谁,吻了谁……想着想着,我使劲伸展了一下身体,刚才和刘柠云雨时的情景也渐渐清晰。这和我爱唐婉冲突吗？这和我的真爱矛盾吗？这是梦吗？我扪心自问。能不能让我再醒一遍，真正地醒来一遍？洞悉这一切蕴含生命意义的谜题，从这场深爱一个人的梦里醒来，再也不用为了爱情忧愁。

也许，当某一天我死去，会从另一个地方醒来，真正意义上的醒来。我会发现这一切都只是一个梦，那时候，我才能真正理解爱情。而在另一个新的轮回、另一个平行空间里，也许我并不爱唐婉，而唐婉，却爱我爱得发疯。

翻了个身，瞥了眼窗外，东方欲白，天涯曙色，海角残星，满目的苍茫。我闭上眼，重新寻觅睡意。

四十五

灵魂的绝望

醒来时已快中午，刘柠没在屋内。窗外依稀有些车水马龙的喧嚣，洗手间传来隐隐的水声。我躺在一个陌生的房间里，闻着陌生的香气，盖着陌生的被子，盯着陌生的天花板。

电话响了，我光着屁股从床边地上的裤子里翻出手机，是大钱儿。

"外。"我的声音干涩。

"外，勃子，你还睡哪？别睡啦，我告儿你一个好消息，人郝哥刚才又发话了，今天晚上十点，工体东门儿，Coco……"

"钱哥，您打住吧，别抠抠了。"我打断大钱儿，"我谢谢您，又喝去啊？到时候又各种'约'？要不签合同，要不歇菜，你爱干杯你去干吧，我不去。"

"人家这回说了，就是过去聊签合同的事儿，我跟他提了。人家说了，八十万不是问题！"

"真的假的啊？别又是过去喝一宿。"

"你大爷孙勃,你最近是真要当艺术家了吧?八十万!你们做那刘柠,盛世楼梯给得了你们八十万吗?"

"是盛世阶梯。"

"你甭管是楼梯还是台阶儿了,反正你就自己琢磨琢磨吧,钱要不要了?八十万!八十万做一专辑,你们最少也能挣六十万吧?晚上十点,工体东门儿,到底来不来?这可八字儿都有一撇儿了,到嘴的鸭子飞不飞,你一句话。"

"十点是吧……"

"对。"

"成,十点见吧,我叫赵扬一起过去。"我说,"这回要不签合同,别说老郝,我连你一块儿抽。"

挂了电话,我躺在床上打开微信。一堆乱七八糟的群聊信息,我麻木地翻着,赫然发现有一条是唐婉重新通过我好友的认证信息。我飞快地点进她的朋友圈儿,发现她把旧的动态都删了,偌大的朋友圈儿只有一张看上去是从飞机窗口拍的蓝天白云的照片,配的文字是:"我们都要爱自己,不是为了你爱的人,而是为了爱你的人。"

霎时,我的双目感受到一种极温热的触感,只觉得心中似有万千言语,正欲奔腾而出。我揉了揉眼睛,庄重地给她点了赞,又想给她留些深情的言,可想来想去,最终只是打了一个笑脸,":)"。

又刷了一会儿朋友圈,我像个呆子似的爬起,周身疲惫不堪,一点儿没有行房后的愉悦。我迟钝地翻出裤衩儿和衣服往身上套,却蓦地在床单上看到几点殷红。这一惊非同小可，我盯着那突兀的色块，定在原地拼命地回忆昨夜刘柠在床上的表现，情景一片模糊，却只记得她并无皱眉叫痛和与众不同的欲拒还迎、逆来顺受。正在出神，电话又响了，是赵扬。我接了电话，说我刚要给你打，晚上，去工体扎郝哥。赵扬声音哽咽，说不去了，我问怎么了。赵扬说他吃了十个粽子五十个元宵，想死。我气乐了，说你吃这么多，胃真的会坨住的，图什么？赵扬说他和QQ分手了，觉得不想活了。我说那也别吃粽子和元宵自杀啊，太行为艺术了。赵扬抽泣着说那他先去医院洗胃了，就挂上了电话。

走出卧室。刘柠已洗完澡穿好衣服，在客厅吹头发。四目相对，两人皆惊人地坦荡，好像什么都没发生过。

"唐婉的飞机已经降落了吧？"我想着，嘴上说道："起啦？"

"嗯。"刘柠边吹头发边应道，懒散梳妆显得她十二分的颜色，身上宽松的运动裤和短袖衬衫倒衬得她身材婀娜。

"澳大利亚的机场是不是也全是袋鼠儿呢？"我想着，嘴上说："睡得怎么样？"

"还可以，你呢？"刘柠问我，湿发在劲风中飘舞。

"我睡得特别残，好像做了一堆梦。"我揉着眼睛说道。

"什么梦？"

"我也忘了，好像梦里有你……"坐在客厅的沙发上，看着窗外的晴空，觉得自己令人作呕。

"你还爱她吗?"柠姐的逻辑总是这么跳跃。

"说真话是吗?"

"都可以,我会自己判断。"

"挺爱的。"我说了真话。

"你不准备再见她了吗?"

"不想见了吧。"我说了假话。

"你已经能控制了?"

"主要是想见也见不着了啊,人这不出国骑袋鼠儿去了嘛。"

"我觉得作为第一次坠入爱河的人,距离不会影响你的情感。"

"是啊,你挺了解我的。"

"你以后可以为你们的故事写首歌。"

"用音乐表达不清楚,估计得拍成电影才有戏,最次也得写一小说儿。真爱这事儿,不好表现,不好表现啊。"我摇头晃脑。

从刘柠家出来的时候已经是下午了,我走出楼道,觉得阳光特别刺眼特别不现实。随便吃了一口饭后,我想起丢了的手机旧号一直没补,便找了家电信营业厅办 SIM 卡。排队一番,我终于拿回了旧号。将 SIM 卡装到手机里后,一堆短信纷至沓来。我踱出营业厅,边走边心不在焉地翻着,全是些租房卖楼保险银行还有替人讨债代写寒暑假作业等无聊信息。突然,我看到一条唐婉发来的短信,可那深情的言语,却让我呆在了原地。

"严霞,我要走了。今天我就要去澳大利亚了,事实上现在我已经出了关,正在机场里给你发短信。这算是不告而别吗?不知道为什么,难以抑制地,我还是想对你再说一次爱你。虽然你总说我爱上的是自己的幻觉,可为什么,我仍肯定在我的血液里,在我的呼吸中,在我漫长的生命里,我都是爱你的?我并不求你来爱我,但我希望你不要因为时间的流逝而怀疑我的爱。在有生之年,我都会继续爱你。同时,我也希望你能够幸福和快乐,早日实现音乐梦想。我想这祝愿和我的爱情并不冲突,别了。"

像在毫无防备的情况下被人直接在胸口上狠狠抡了一棍子,这些字如利刃直刺我心。我钻进汽车,从三环开上机场高速,朝机场驶去。车窗外一片白花花的,FM88.7正放着电音舞曲。我麻木地握着方向盘,任与唐婉相识以来的一幕幕像电影镜头般在眼前疯狂地闪现。我不停地打给唐婉,全都是关机。车速早已过了一百六十迈,眼前却仍是唐婉的笑容。

像个没有意识的傀儡,到达机场后,我停都没停,就从二号航站楼掉头朝城区开去。我开到平乐园开到北工大西门门口,我望着校门,像是突然卸去了什么担子般,一下儿觉得松了口气。我在驾驶座上窝了个舒服的姿势,抽着烟出神地凝望北工大。抽干净一包烟后,我驶离北工大,开到阜成门外,将车停在二一四中学门口。我去小卖部买了包烟,像高中时那样点上烟坐在马路牙子上。秋云数重,凉风起于天际,落叶在阔街上轻舞。萧索中,二一四中学的校门如此安详，安详得令我疲惫，那种疲惫来自灵魂深处的绝望，而这绝望的爆发洞穿了我眼中的一切。机场、麦当劳、平乐园、北工大、西二环、阜成门桥，还有这个北京，这座城市，它们五光十色若无其事，而我的眼中却空空如也。

四十六

定义真爱

　　北京仍是这样一座城市，它是那些急功近利杀鸡取卵的投机者的温床，也是那些被创作冲动冲昏头脑的文艺青年的庇护所。在这里开车的骂走路的，走路的骂开车的，有的人拼了性命爱一场，有的人拼了命性爱一场。悲欢离合、爱恨情仇，无非也都是庸庸碌碌，芸芸众生。

　　事业继续突飞猛进，我频繁和赵扬在大小娱乐公司间穿梭。在这些扎活儿写歌儿的日子中，我见人十分笑，碰上屄的就吹牛，碰上横的就拍马屁。如果你看到我溜须的样子，你会由衷地厌恶我的虚假，并做出我不可能真心爱过谁的判断。就连我自己，有时候也觉得那如同新星爆发一般的爱情压根儿就没出现过。很成功，我想我做到了。从表面上看，我跟遇到唐婉前一点儿区别都没有了。

　　那天之后，我和刘柠开始约会了，赵扬大钱儿等人有所察觉，问我是不是把刘柠拿下了，我说就算是先谈个恋爱吧。他们听闻后喜形于色弹冠相庆，时刻准备一亿到账鸡犬升天，唯有刘甲神情尴尬，竭力隐藏着他的羡慕嫉妒恨。无数次，赵扬怂恿我扎她家的钱投资做公司做厂牌盖录音棚，我都顾左右而言他。

我不能确定她是否爱我，我唯一能确定的是柠姐性格异于常人。我们经常一起宅在家里，但很少一起外出；我们经常一起看DVD，但很少聊天；我们经常做爱，但我们几乎不接吻。

渐渐地，时间让我对周遭习以为常。我开始以健康而又规律的作息早睡早起，睡多了黑眼圈儿也随之消退，气色不再如鬼似魅。像恢复进食的绝食抗议者，又似痛哭入狱无动于衷出狱的冉·阿让。我仿佛对某种压迫已司空见惯，对某种力量已低头屈服。

如我所料，赵扬跟QQ根本就没分，那天就是没事儿闲得吵架闹分手。和好之后赵扬就更没地位了，天天接送QQ上下班外加好吃好喝，挣了钱一分不剩全交公粮。英子交了新男友，刘甲开始忙结婚和装修的事儿了，大钱儿继续约郝哥喝酒刷夜，身边的每一个人都看上去井然有序。

刘柠的唱片出版后，业内口碑极佳，市场反响平平。《天使在人间》这首歌也远远没有《除了我你还爱谁》火，微博和朋友圈的转发寥寥。但柠姐毕竟颜好，很快就有一个瓜子儿的代言和两部戏找到了她。这些活儿都被她推了，还有好多电视台娱乐节目的通告也被她以不喜欢为由拒绝了。彭总也不闻不问，说刘柠是全中国最自由的艺人也不为过。从一个穷困的底层艺术家的角度来说，我觉得有些可惜，那个瓜子儿代言费是七位数的。柠姐不缺钱，她不觉得七位数的活儿有什么稀罕，她最爱干的事情是抱着腿坐在家里阳台上听 Radiohead。说实话，Radiohead 那歌儿我连前奏都听不完。

我的生活中仿佛从来没有过唐婉这个人一样，一切突然就过去了，像阵风一样。

唐婉，你在袋鼠国怎么样了？为什么不更新你的朋友圈儿？那把送你的吉他肯定没有被你带到袋鼠国吧，琴孔中我歪歪扭扭写下的"赠予唐婉"还在吗？你的学校正式开学了吗？跟袋鼠儿和考拉合影了吗？在悉尼街头踩着过袋鼠屎吗？有没有认识新的朋友，有没有爱上别人？还是像你那发错的短信里说的，一如既往地爱着他？

这些问题的答案我将终生难觅，所以，就让我折腾自己来忘了这些问题吧。跟那些害怕时间流逝容颜老去，天天面对镜子想照又不敢照的自恋者不同，我很平静而又欣喜地注视着流去的分秒，挥霍着宝贵的岁月，因为只有时间都过去，唐婉，我才能向你证明，我"今生只爱你一个人"这句话，并非妄言诳语。

我知道，作为一个天天傍着刘柠的人，嘴上却说着今生只爱唐婉，逻辑上有些矛盾。

是啊，我也觉得我挺混蛋的。但我不试图改变什么，因为我早变成了一个傀儡。我不再属于自己，也不再相信自己。那些过来人说时间能治愈一切，说科学证明爱情最多不会超过一年半，说真爱不死真爱永恒，说没有钱是万万不能的，说形势一片大好，说做爱要九浅一深。

我承认我都强迫自己信了，在唐婉刚走的那一阵儿，我甚至一直以科学的名义憧憬着一年半的到来，以亲身验证摆脱爱的愚昧走向爱的科学的过程。出乎意料的是，一年半之期还未到，我却在这份等待中平和了。死去活来与心如刀割都不见踪影，而心中那块像核弹爆炸过般寸草不生的地方也开始郁郁葱葱地展现出生机。

这春风吹又生般的复苏缘自我在唐婉出国后没几天就发了微信满怀关切地问候她，直言期待她回复，并希望可以收到一张她的照片看看她现在的样子。出乎意料的是，唐婉居然在一小时内就回复了我。从字里行间看得出她的心情不错，寥寥几行简述了一些她在澳洲的近况，感谢我的关心并说那首《天使在人间》她一直在听。她还说之前确实做了些幼稚的事情，现在，她准备为了爱自己的人开心地生活。末了，附上了一张她以悉尼歌剧院为背景的照片。照片中的天空湛蓝歌剧院雪白，而她的笑容甜美如静夜中的春风般让人沉醉。

我无比肯定这灿烂笑容让我深刻体会到了真爱的境界以及爱情的一切正面力量。那上扬的嘴角让我感受到了阳光与信心；那含贝皓齿让我感受到了温暖与希望；那双眸中的湖泊令我不再诅咒让我坠入爱河的命运；那瞳孔中的色彩令我后怕自己差点因一念之差而与这段一厢情愿的感情失之交臂。总之,这嫣然一笑,最终令我真的意识到唐婉一辈子会不会爱上我都不再重要。像此时此刻这般若无其事地爱她,谁都不打扰地爱她,仿佛真的没什么不适合我的地方。

唐婉,请允许我如此淡漠地爱你,也许我的爱情表面上并不汹涌,但这样的爱情才能继续生长、蔓延、流转,直到我弥留之际,直到我的肌肤苍老粗糙,直到我的血管干涸枯竭,直到我的心跳停止、我的灵魂失去光泽、我脑海中的系统倒塌、我轮回中的生生世世都终止,可以吗?

不管你同意不同意,这都是一次单方面的决定。早听过那句"我爱你,与你无关",但现在才真正懂得。唐婉,正如我对你的爱并非幻觉,我这个决定也绝非一时性起。哪怕生老病死,哪怕年华流逝,哪怕你已经结婚生子,哪怕我明天还会和别的女人做爱。这只是一个关于爱情的决定,纯粹的爱情,和任何人都无关。真爱是种近于心如止水的状态,没有那么多痛苦与感慨。但我并不空虚,相反我的灵魂正被爱意填满,这就是若无其事地爱一个人的感觉,很好。

尾声

等待爱的猫

每次回家迟了，比如深夜或凌晨的时候，我都会碰上那只白猫。它有时坐在我家的单元门口，有时躺在我车位的地锁上，孤零零、旁若无人地注视着远方。非常奇怪，我带刘柠回家时它从未出现过，但当我独自夜归的时候，它却总是出现。

渐渐地我开始注意它了，说不清楚为什么，每次一看到它，我内心就会泛起一种莫名的熟悉感。其实那是一只再普通不过的白猫，看上去虽然不是串儿得特别厉害，但肯定也不是什么名贵的品种。

可这只猫很特别。

事实上我家小区的野猫和家猫非常多，我经常可以看到它们在小区里四处游荡，不知所终或者被人喂养。但它们大抵上都警觉而不与人亲近，远远见到人就会跑开。可这只白猫不同，不管你走得多近，它也从不走开。只有当你伸手想去摸它时，它才灵巧地闪开，等你走远后，它又慢慢地溜达回来，缓缓地坐在原地。

这只白猫的与众不同,并不只体现于它与其他猫在待人态度上的明显区别。

主要是眼神。

它应该是一只雌猫,因为它翘首的样子很像一个在等情人的少女。

每当我走过它身边的时候,我望向它,总能收到它轻扫我的冷漠而又倦怠的眼神。一瞥之下,便回转头去,继续用它那满怀期待的身影眺望远方。那是一种非常令我起敬的傲慢眼神,高贵中带些哀怨,就仿佛除了它在期盼的身影,别的一切事物都不配出现在它的双眸中一样。

是的,经过唐婉一役,我现在尊敬无怨无悔义无反顾去爱的生物,哪怕它痴哪怕它傻,哪怕它只是一只猫或者别的什么为身处食物链顶端高贵的人类所不齿的东西。所以,当我这次又在单元门口看到它时,我很想走过去跟它打个招呼。不过最终我放弃了,因为它只是躺在那里,曲线婀娜多姿,月光把它的身影拉成了凡·高《星夜》中所画的那棵燃烧的树一般的姿态。

我觉得自己没有资格打扰它。

其实我并不是想过去搭讪,对它说"你好,我是孙勃,注意你很久了,能留个电话吗"这样的话。我只是想问问它是在等谁,然后我去帮它找到那某个人,告诉他,在犀牛小区A楼B单元门口,有一只猫一直在等他。

[全书完]

夏炎

作家，音乐人
以词曲作者及制作人的身份为两岸多名艺人制作专辑及歌曲
已出版小说《简单未遂》《手持青春奔跑》

如果不曾为谁燃烧过，青春将不值一提

唐婉的心事

产品经理｜曹　曼　　　装帧设计｜郑力珲
　　　　　王小马　　　特约印制｜梁拥军
技术编辑｜陈　杰　　　策 划 人｜于　桐

图书在版编目（CIP）数据

唐婉的心事 / 夏炎著． —— 杭州：浙江文艺出版社，2019.1
ISBN 978-7-5339-5524-3

Ⅰ．①唐… Ⅱ．①夏… Ⅲ．①长篇小说－中国－当代 Ⅳ．① I247.5

中国版本图书馆CIP数据核字（2018）第295501号

唐婉的心事
夏炎 著

责任编辑	金荣良
封面摄影	沈吟音
装帧设计	郑力珲

出版发行	浙江文艺出版社	
地 址	杭州市体育场路347号	邮编 310006
网 址	www.zjwycbs.cn	
经 销	浙江省新华书店集团有限公司	
	果麦文化传媒股份有限公司	
印 刷	河北鹏润印刷有限公司	
开 本	880mm×1230mm 1/32	
字 数	173千字	
印 张	8.5	
印 数	1-14,000	
版 次	2019年1月第1版 2019年1月第1次印刷	
书 号	ISBN 978-7-5339-5524-3	
定 价	45.00元	

版权所有 侵权必究
如发现印装质量问题，影响阅读，请联系021-64386496调换。